그 사람보다
더 좋은 사람을
만날 수 있을까?

베스트셀러 상담사가 들려주는 **연애 지침서**

그 사람보다
더 좋은 사람을
만날 수 있을까?

투히스
with VERY

harmonybook

연애 이야기는 언제 해도 새롭고 즐겁습니다. 물론 마냥 즐겁게만 할 수 있는 주제가 아닌 것도 있지만 그럼에도 연애 이야기는 즐겁습니다. 마치 연애에 담긴 설렘과 달달한 느낌이 새어 나와 사람을 간질이는 느낌이 듭니다.

하지만 그건 어디까지나 관찰자의 시각에서만 느낄 수 있는 감정일지도 모릅니다. 다들 알 듯 연애가 마냥 좋은 것만 있는 것은 아니기에 나름의 고충을 이해하고 직접 경험하기 시작한다면 마냥 즐겁지만은 않을지도 모릅니다.

제 책『혼자만 연애하지 않는 법』을 출간한 때로부터 몇 해가 지나면서 느끼는 것은 여전히 사람들은 비슷한 문제로 연애를 고민하지만 그 고민을 해결하기 위해 접근하는 태도는 이전과 많이 달라졌다는 것입니다.

그렇기에 이번에 들려드릴 연애 이야기는 그런 변화에서 비롯된 이야기가 많이 담겨 있습니다. 어떤 면에서는 꽤 계산적이게 변했고 어떤 면에서는 이전보다 더 희생하게 되는 이야기이며 이 책을 읽을 당신도 한번 즈음은 겪어보았을 이야기일지 모릅니다.

아무리 자신의 연애 고민을 이야기해도 뻔한 대답이나 반응만 돌아왔거나 혹은 너무나도 부끄러워서 어디에도 이야기하지 못했던 고민이 있다면 당신에게 제가 이번에 하게 될 이야기는 도움이 될 것입니다.

물론 당신이 겪고 있는 연애 고민이 정확히 여기에 똑같이 담겨있지는 않을지 모릅니다. 하지만 다른 이들의 고민을 들여다보면 분명 당신의 고민을 해결할 돌파구의 힌트를 얻을 것입니다. 왜냐하면 연애는 본질적으로 비슷한 고민을 모두에게 안겨주기 때문일 것입니다.

그렇게 당신이 계속 마음 속에 담아두고 있을지 모르는 무거운 돌덩이를, 제 이야기를 통해서 조금이라도 내려놓을 수 있으면 좋겠습니다.

또한 이번 책에는 함께해주신 작가님이 쓰신, 당신의 마음을 두드릴 글도 담겨 있습니다. 제가 들려드릴 이야기와 함께 당신의 마음에 오래오래 남아 있을 수 있었으면 좋겠습니다.

어쩌면 서툴러서
어쩌면 성급해서
어쩌면 확신해서
어쩌면 그리워서
어쩌면 아쉬워서
하고 있을 모든 연애의 고민을 응원합니다.

연애 그리고 사랑이라는 감정과 떼려야 뗄 수 없는 우리입니다. 그만큼 나와 내 주변에 어느새 스며있는 물과 같은 이 이야긴 컵에 담기듯 나와 너라는 실체를 만나 현실화됩니다.

사랑을 마시며 연애를 하고, 상대가 없으면 살 수 없을 듯 갈망하기도 하면서 잔뜩 취해보기도 합니다.
물론 무드가 넘치면 서로가 몰랐던 모습들이 하나씩 꺼내져서 더 친밀해지기도 혹은 더 멀어지기도 하는 일도 생기는 신묘한 것이 연애에 담긴 아슬함이 아닐까 합니다. 그래서 사랑 자체가 연애의 묘약인 셈이라 생각해봅니다.

그렇기에 연애를 화두로 다루는 건 지겹지 않습니다. 같은 주제를 가져도 사람이 다르고 각자 세부 요소 또한 다르기에 흥미롭기도 합니다. 늘상 반복되는 비슷한 연애 고민을 접하고 대부분의 글은 사랑을 소재로 써나가곤 하지만 계속해서 이어나갈 수 있는 이유가 바로 그것입니다.

그렇게 짧지도 길지도 않은 적당한 길이의 글귀를 주로 써왔고 산문에 가까운 글쓰기도 왕왕했었지만, 이번 책에 하나의 글을 마칠 때마다 보게 되실 짧은 글귀를 작문하는 경험과 책의 디자인을 겸한 참여를 했는데 실은 쉽지 않은 도전이 될 줄 몰랐던 건 저 하나뿐이었나 봅니다.

제 일상과의 맞물림, 작가님께 누를 끼쳐서는 안된다는 점을 미처 생각하지 못한 부분이 제 스스로 많이 아쉽게 했습니다. 그런 걸 아시기라도 하는 듯 작가님은 편의를 참 많이 봐주셨고 글귀 또한 조언과 함께 전체적으로 항시 응원과 격려를 아끼지 않으신 편이라 이대로 괜찮은가…! 하며 수용의 감사함에 오히려 스스로를 돌아보는 계기도 됐습니다.

그래도 아직 제 짧은 글귀들이 감성을 듬뿍 머금어 전하고픈 말을 표현치 못한 걸 알아 마뜩잖지만, 다음에는 조금 더 나아진 글을 전하고 있을 거라 생각하며 서툴지만 이 순간부터, 앞으로도 잘 부탁드립니다.

또한 이 책으로 인해 과거로부터의 공감과 성찰을 할 수 있게 되어 연애가 한결 편안해지고 당신이 안녕길 빕니다. 뭔가 거창하게 연애의 질이 향상되어 한 단계 나은 삶을 산다는 보장의 말을 하는 게 아니라, 행복한 연애를 하기 위해선 내가 무엇보다 소중한 존재라는 걸 먼저 알아주시면 좋겠습니다. 목적지가 어디든 해피엔딩으로 가는 길은 거기서부터라고 봅니다.
그 첫 단추는 자신의 손에 쥐어져 있으니 이제 시작입니다.

연 애 시 작

contents

연 애 중

contents

이별·재회

contents

Chapter
01

연애시작

Love, Go

설레어 잠들지 못하는 이 밤, 그 이유는 너만이 알겠지

01

연애 시작 시
타이밍을
맞추고 싶다면

처음부터 내가 좋아하는 사람이 나를 좋아하면 좋겠다는 생각은 누군가를 좋아해 본 경험이 있는 사람이라면 한 번씩은 다 해보았을 것이다.

매번 느끼는 것이지만 연애는 시작도 연애 중에도 그리고 헤어짐에도 다 타이밍이 매우 중요하다고 생각한다. 저마다의 사연 속에서도 늘 '그때 이랬더라면'이라던가 '그때 이랬기에'라는 것은 늘 따라붙기 때문이다. 그래서 어쩌면 연애는 타이밍의 예술일지도 모르겠다는 생각도 해본다.

누군가를 좋아하지만 어떻게 해야 할지 몰라서 혹은 자신의 부족한 점 때문에 고민한 그도 타이밍의 문제가 있었다. 하지만 그것은 단순히 그 상담에 포함된 한 번의 문제만이 아니었다.

그는 여태까지 꽤 많이 사랑에 빠졌지만, 시작이라는 문턱을 넘어서지 못하고 항상 실패하였다. 물론 그가 실패한 원인은 단순히 타이밍만의 문제라고 하긴 뭣하고 몇 가지 원인이 더 있기는 했지만, 그의 가장 큰 문제는 역시나 타이밍이었다.

누군가를 좋아한다면 그 어느 때보다 다가갈 때와 아닐 때를 구분해야 한다. 그것은 중요한 상황이나 감정 표현에만 해당하는 것이 아닌 사소한 부분에서도 포함이 된다. 그의 경우에는 그것이 부족했던 것이었다.

솔직한 것이 좋다고 생각했던 때는 빨리 그리고 많이 다가갔다면 그렇게 해서 실패하고 두려움이 생길 때는 지나치게 늦게 그리고 소극적으로 다가가서 실패하는 등 흔히 생각할만한 타이밍이 엇나간 행동을 골라서 했다고 봐도 과언이 아닐 것이다.

그에게 이러한 부분이 잘못되었다는 것을 아는지 물었을 때 그는 그러한 것이 잘못되었다는 것을 알고 있었다. 하지만 매번 누군가를 좋아하기 시작하면 너무 많은 것을 계획하고 그 계획이 틀어질 때 감정적으로 흔들려서 무리하게 되었다고 한다.

그런 그에게 우선으로 좋아하는 사람이라는 대상에 너무 집중하지 말라고 조언하였다. 애초에 그가 그렇게까지 많은 생각에 빠지게 된 것은 연애라는 행위를 실제로 처음부터 끝까지 온전하게 직접 경험하지 못해서 생기는 환상도 있을 것이라 생각했기 때문이다.

누군가를 좋아하고 그 좋아함을 내가 원하는 결과로 이어지게 만들기까지는 미지의 영역이 많은 것보다 적은 것이 압도적으로 유리한 것이 사실이다. 그래서 연애 경험이 많은 사람은 그렇지 않은 사람들보다 시작 단계에서 좀 더 자신감 있거나 여유가 있을 수 있는 것이다.

따라서 아직 경험하지 못한 것을 자신감 가지고 시도해보라고 해봐야 뜬구름 잡는 것밖에 안될 것이기에 그에게는 상대를 너무 우상화한다거나 해보지 못한 것에 대한 막연한 환상을 걷어내는 것이 필수였다.

그렇게 '좋아하는 사람'에 대해서 과하게 몰입하는 것을 멈추면 아마 그는 좀 더 인간적이고 상식적으로 그 사람과의 관계를 생각할 수 있는 여유가 생길 것이다.

그렇게 되면 과하게 준비하고 힘든 것도 무리하던 그런 태도를 벗어나 주변에 좋은 사람으로 보이던 그의 원래의 편한 모습으로 상대를 마주할 수도 있게 될 것이다.

모든 연애는 타이밍이 포함되어있다. 하지만 그것은 어디까지나 내가 억지로 좋은 타이밍을 만들어내는 것이 아니라 이미 누군가에게는 좋게 보이는 나를 상대에게 어떻게 자연스럽게 더 보일까에 중점을 두어야 한다.

그래야 흐름에 맞는 타이밍으로 다가갈 때와 아닐 때를 맞이하게 될 것이다. 흔히 '남자 혹은 여자는 이럴 때 이런다'라는 연애 지식으로는 불안을 이겨내고 한 걸음을 내딛기란 어려운 법이다.

그 이후 그는 상상이 아닌 온전한 자기 모습으로 조금씩 상대와 가까워지자 길고 길었던 실패의 문턱을 넘어섰다. 그건 아마 그만의 이야기는 아닐 것이다.

연애의 횡단보도에는
점멸하는 신호가 존재하지 않기에
오감을 타고 넘어가는 불빛을 등대삼아
온전히 나를 나로서 바라볼 수 있다면
선의 구분 없이 내딛을 수 있다는 것

#연애_시작_시_타이밍을_맞추고_싶다면

02

나를 더 좋아해주는 사람
VS
내가 더 좋아하는 사람

"나를 더 좋아해 주는 사람이랑 만나는 것이 더 행복한가요?"라는 질문을 꽤 많이 받고는 한다. 물론 그것에는 정답은 없다. 인터넷에 분기별로 거의 두세 번씩은 보게 되는 정답과 같은 글도 어느 정도 같은 이야기만 맴돌 뿐 명확한 답은 내리지 못하는 것이 마찬가지일 것이다.

대부분 이런 질문을 할 때에는 이전에는 나를 더 좋아해 주는 혹은 먼저 좋아하는 사람에게는 마음이 생기지 않는다는 이야기가 따라붙는다. 그런 이야기를 듣고 있다 보면 자기가 먼저 좋아하거나 더 좋아하는 상대와는 그럼 행복하지 않거나 혹은 행복하긴 한데 뭔가 부족하다고 느끼는 것인지 의구심이 생기곤 한다.

앞서 말한 것처럼 이러한 경우에 정답이란 없다. 하지만 내가 어떤 연애를 하고 싶은지 그리고 그 연애의 형태가 어떤 삶으로 이어질지에 관한 생각이 명확하다면 그것에 맞는 만족도의 차이라는 것은 분명히 있다고 생각한다.

상상해보라 내가 더 좋아하거나 먼저 좋아한다면 그 시점부터 그려지는 대부분의 순간은 내가 먼저 마음 졸이고 내가 먼저 적극적으로 하다가 결국에는 상대도 나의 그런 마음을 알아보고 함께 적극적으로 하는 그런 모습들을 떠올릴 수 있을 것이다.

그러한 흐름이 결국에는 뭔가 부족하다는 감정을 만들어 낸다면 아마 그것은 그 이야기에서 가장 핵심은 누가 누굴 먼저 좋아하고의 문제가 아니라 결국 나에게 돌아오는 상대의 반응이 '나만큼' 이길 바라는 것 때문일 것이다.

누구든 먼저 시작은 할 수 있다. 더 좋아할 수도 있을 것이다. 하지만 내가 먼저 시작하지 않은 것처럼 내가 더 좋아하지 않는 것처럼 느끼고 싶은 마음이 생기는 순간 그것은 결코 만족하지 않을 것이다.

연애에는 똑같은 마음이라는 것은 없다. 둘의 가치관이 조금씩 다르듯 애정도도 다르기 마련이다. 그렇기에 흔히 말해서 연애에 갑과 을은 없다고 하지만 있는 것처럼 느끼게 되는 것이기도 하다.

이것을 받아들이고 나는 내가 좀 더 상대를 바라보는 관계를 원한다면 아마 내가 먼저 좋아하고 좋아하는 만큼 마음껏 표현하고 사랑을 주는 것으로도 충분히 만족하며 연애할 수 있을 것이다.

하지만 그렇지 않다면 지금 내가 느끼는 먼저 좋아했다거나 더 좋아하는 감정에 대해서 나는 정말 진실한지 혹은 그것이 정말 계속될 감정일지에 대해서 생각해볼 필요가 있다.

반대로 나를 먼저 좋아해 주는 혹은 더 좋아해 주는 사람과의 관계도 그러하다. 앞서 언급한 관계의 불균형 속에서 나의 연애관은 상대가 내게 보여주는 모든 것들로 안정을 느낀다면 지금 당장 내가 그 사람에게 마음이 없더라도 마음이 생길 수 있는 시간을 나와 상대에게 주면서 관계를 구축해야 한다.

누구나 첫눈에 반하는 것은 아니다. 또한 누구나 자신의 취향인 사람과 연애하는 것도 아니다. 따라서 지금 상대에게 마음이 안 생긴다는 것만으로는 연애할만한 대상인가 아닌가를 구분 지을만한 기준이 되지 못한다.

개인적인 유대가 생김에 따라서 매력이 보이고 이성으로서의 감정이 생기는 경우도 분명히 있으므로 그 가능성을 충분히 고려해서 알아갈 시간을 가져보는 것이 필요하다.

누구나 연애를 행복하게 하고 싶을 것이다. 늘 내게 이러한 고민을 질문하는 이들도 마찬가지의 마음일 것이다. 하지만 그 행복은 단순히 어떤 형태의 사람과 만나느냐를 알게 되는 것보다 자신에 대해서 그리고 원하는 것에 대해서 분명하게 알 때 더 쉽게 실현될 것이다.

지금 마음이 없어서 어쩌면 내게 맞는 기회를 놓치는 것은 아닐지 혹은 마음이 없는 이유에 대해서 내가 명확히 몰라서 막연하게 나를 더 좋아해 주는 사람과 더 행복할까 하는 생각을 하게 되는 건 아닐지 생각해봐야 할 것이다.

네가 오면 갸웃해져
뜨듯미지근한 온탕
내가 가면 설레이는
냉탕과 열탕 사이
비뚤어진건지 기울어진건지
고장난 온도계에 맞춰진 마음
네 맘도 내 맘도 바늘이 핑그르르

#나를_더_좋아해주는_사람_vs_내가_더_좋아하는_사람

03

서툴다는 말로
회피하지
말아야 하는 이유

그녀는 지독하게도 연애에 서툴렀다. 분명한 것은 그녀가 무슨 악의를 가졌다거나 이상한 허영심을 가져서 서툰 것이 아니었다. 단지 그녀는 중간이 없는 연애만 가능했기 때문이었다.

중간이 없는 연애라는 것이 무슨 말인가 하면 그녀는 남자가 먼저 적극적으로 다가오고 리드할 때는 그럭저럭 연애하였다. 물론 남자의 리드에만 의존하다 보니 끌려가는 연애를 해서 몸도 마음도 고생하게 된다거나 남자가 리드하는 것이 지쳐서 떠나거나 하는 결말을 많이 맞이하곤 했다.

그녀의 그런 모습을 보며 주변에서는 항상 걱정스러운 마음으로 자신의 주관을 내세우라던가 무조건 너에게 잘해줄 수 있는 남자를 만나라거나 하는 등의 조언을 하였으나 그녀는 자신이 먼저 무언가를 한다는 것은 불편하다는 말로만 대응하며 지금까지 지내왔다고 한다.

아마 주변에 싫은 소리를 잘하지 못해서 혹은 내가 먼저 무언가 하는 것에 대한 책임감이나 집중되는 시선에 대한 부담감 때문에 자기 의견이 없이 묻어가려는 유형의 사람들이 몇 명 즈음은 있을 것이다.

기본적으로 그렇게 할 때 문제 대다수에서 리스크가 발생할 확률이 줄고 발생하더라도 회피하기가 수월해지는 경향이 있다. 대부분은 착한 이미지 혹은 그 외의 긍정적 이미지를 만들어낼 수도 있다.

물론 우유부단하다는 부정적인 평가도 따를 수 있지만 대개 사람들은 무난한 것을 추구하기에 평균치의 안의 범위에서만 따른다면 그런 평가조차도 받을 일이 잘 없다.

그럼에도 이것은 어디까지나 다수의 상황에서나 가능한 이야기일 뿐이다. 연애는 상대와 나의 관계인데 이런 식으로 상대가 리드해야지 내가 확신을 하고 움직일 수 있어서 그렇게만 하는 것이 좋다고 한다면 결국 그것은 지금 그녀가 겪는 것처럼 문제를 만들 수밖에 없다는 건 누구라도 다 아는 사실일 것이다.

하지만 여태까지 적극적이게 해본 적이 없는 그녀에게는 어느 정도는 그 논리를 알고 있어도 실천하는 것이 매우 어렵다고 했다. 애초에 의견을 내세우는 것이 서툴기 때문에 회피하듯 그렇게 해왔는데 이제 와서 방식을 바꾼다는 것이 이전보다 더 어렵게 느껴진다고 덧붙였다.

그런 그녀에게 물었다. 서툴기 때문에 불편해서 리드해 주는 쪽을 선호했는데 그렇다면 그 반대로 리드하는 것만이 답일지를 말이다. 그녀는 답하지 못하였다.

리드하느냐 아니냐를 떠나서 리드해 본 적이 없는 사람에게 리드할 수밖에 없는 상황을 준다는 것은 가혹하기 이를 데 없을 것이다.

그렇기에 어쩌면 그녀에게 필요했던 건 리드해야 할 상황은 어떤 상황인가 그리고 서툴다고 느끼는 것은 왜 서툴다고 느끼는가를 먼저 느끼고 그것에서부터 출발하는 것이 필요했던 것일지 모른다.

그녀에게 말했다. 꼭 내가 여태까지 하지 않았던걸 리드하면서 관계를 만들려고 생각할 필요는 없다고 말이다. 다만 중요한 건 그동안 하지 못했던 것들을 우선 상대방이 내가 생각한 만큼만 해도 괜찮은지를 먼저 확인해 보고 서툴러도 괜찮은 걸 학습하는 시간은 필요하다고 말했다.

그렇게 해도 괜찮은 걸 알게 되고 조금씩 했을 때 정말 괜찮은 걸 직접 느낀다면 그때부터는 마음가짐이 달라진다. 그러고는 조금씩 판단이 바뀔 것이다. 이 부분은 이 정도는 해도 괜찮구나라고 말이다.

혹여 그녀처럼 서툴다는 이름으로 회피하느라 서툴러도 괜찮은지 확인하지 못했다면 한번 확인해 보길 바란다. 당신에게도 그녀와 같은 변화가 생길지 모르니 말이다.

익숙하지 못해 설은 모습은
단지 얼기설기 짜여진 천 조각
다시금 오와 열을 맞춰가며
좁혀드는 시간만 거쳐가면 돼

#서툴다는_말로_회피하지_말아야_하는_이유

04

특별한 것이
유효하지
않다면

그는 꽤 눈이 높은 사람이었다. 분명 그 자신이 잘 나가는 사람이라 주변에서 추켜세워서 혹은 자신이 잘난 것을 자신도 알아서 그런 것인지 모르겠지만 꽤 확고하고 흔히 상위권이라고 생각할 만한 대상에 대한 기준이 있었다.

사람의 급을 나눠서 생각하는 순간 만날 수 있는 사람의 수는 현실적으로 상당히 낮아지게 된다. 또한 만나고자 하는 상대의 여러 배경에 대해서도 상관관계가 너 크게 생겨나기 때문에 조건을 맞추기란 상당히 힘든 법이다.

상담하다 보면 이러한 사람을 생각보다 자주 만나고는 하는데 문제는 눈이 높다는 것이 문제가 아니라 이런 눈높이와 그 눈높이가 만든 환경 때문에 안 그래도 내 마음처럼 안 되는 연애가 더 힘들어진다는 것에 있다.

그도 마찬가지였다 분명 누가 봐도 그는 꽤 괜찮은 조건의 사람이었다. 직업 외모 물질적인 상황과 배경 어느 하나 빠지는 부분이 딱히 없이 전체적으로 고르게 괜찮

은 사람이었다. 하지만 앞서 이야기한 것처럼 급을 나누고 그 급에 따른 논리가 적
용되는 그룹에서는 그것이 특별한 것이 없는 게 되어버린다.

이전에 어느 유머 게시글에서 서울대에서는 고등학교 시절 전교에서 일 등을 한 것
을 자랑하는 게 바보짓이라는 글을 본 적이 있다. 마치 그런 것과 같은 것이다. 주변
이 모든 부분이 고르게 잘난 사람만 있다면 그 순간 그건 별로 자랑할 거리고 특별
할 거리도 없게 되는 것이다.

정말 그중에서도 유별나게 더 잘나거나 어떤 특정 명성이 있는 게 아닌 이상에서는
그냥 무난한 보통 사람이 되어버린다는 것이다. 따라서 이런 상황에서 어떻게 하면
내가 마음에 드는 이성에게 좋은 사람으로 보일 수 있냐는 질문을 받으면 다소 막막
해지는 것도 사실이다.

만일 당신이라면 그의 상황이 된다면 어떻게 하겠는가? 내가 가진 것을 상대도 다
가지고 있고 내가 아쉽지 않은 것을 상대도 아쉽지 않은 그런 매우 동등한 조건의
상황에서 그 사람에게 환심을 사려 한다면 말이다.

우리는 흔히 좋은 것으로 어필해서 좋은 사람이 되는 방법에 익숙하다. 왜냐하면 특
별하다고 느끼게 하고 싶기도 하고 상대에게 좋은 인상을 심어주는 가장 정석적인
방법이기 때문이다.

하지만 때로는 좋지 않은 것도 관계의 시작이 될 수 있음을 기억해야 한다. 그처럼 환
경이 좋아서, 눈이 높아서 이런 경우가 아니더라도 적용될 수 있는 부분이기 때문이다.

우리는 좋은 것은 최대한 보이고 좋지 않아 보이거나 약점인 부분은 최대한 감추려고 노력한다. 얼마나 자신을 잘 포장하느냐가 핵심인 것처럼 말이다. 하지만 좋은 것에도 정도가 있기에 내가 보일 수 있는 최대한의 좋음이 평범함의 영역에 속해있다면 그때부터는 내가 가진 단점을 통해 다가가는 것이 필요하다.

누구에게나 허점은 있기 마련이다. 때로는 그것을 보였을 때 솔직하게 보여서 좋게 보이는 일도 생기고 그 허점이 공감대를 불러일으켜서 동질감이 느껴지는 사람으로 만들어주기도 한다.

따라서 그에게 여태까지 대외적으로 보여온 '좋은 사람'이라는 이미지를 만들어서 무조건 좋게만 어필하기보다 자신의 허술한 점을 통해서 인간적으로 접근해보길 권했다.

눈이 높게 상대를 평가하고 인성도 능력도 충분한 그런 사람을 만난다면 그 사람에게 허점을 한두 가지 보인다고 해서 쉽게 이용하려 한다거나 그러진 않을 것이니 말이다.

만일 당신이 당신의 환경에서 좋은 점을 포장하는 것만으로는 힘들다고 느낀다면 포장한 모습으로 보이기에 앞서 자신을 솔직하게 보였는지 생각해보길 바란다.

만점을 따지지만
만만한건 없어요
그저 먼저 곁을 내보이는게
제로베이스에 얹어지는
매력적인 토핑과도 같아요

#특별한_것이_유효하지_않다면

05

자신에게 좋은 사람이 어떤 사람인지 알아야 하는 이유

그녀는 늘 좋은 사람을 만났지만 길게 만나지 못했고 좋지 않게 헤어졌다고 한다. 연애를 시작할 때마다 주변에서도 부러워했으며 정말 잘 만났다고 할 정도로 늘 평가가 좋은 사람들을 만났는데 그렇게 된 이유를 알 수 없어서 찾아온 것이다.

이별의 이유는 다양했다 작은 일에서 시작해서 결국에는 서로 험한 이야기를 주고받으면서 헤어진 경우라던가 상대가 바람을 피웠다거나 혹은 상대방이 자신을 휘두르려 했다거나 이런 일들이 그중 가장 많았다.

우선으로 그녀가 그렇게 좋은 사람이라고 평가받는 사람들을 어떻게 만나게 된 것인지 물었는데 주변의 소개 혹은 자신이 속한 모임에서 다가온 남자들이라고 하였다.

먼저 다가온다고 전부 다 사귀진 않았고 외모나 배경이 괜찮아도 그녀는 처음에는 경계했다고 했다. 그런 그녀에게 그렇다면 어떤 순간부터 그 사람들과 사귀게 되었는지 물었는데 자신의 주변인들과 연애사를 공유하면서 그 사람들에게서 좋은 사람인 것 같다는 이야기를 듣고 그때부터 경계를 풀며 만나기 시작했다는 것이었다.

이야기를 들으면서 느껴졌던 건 그 사람들이 과연 좋은 사람이었는가에 대한 부분이 가장 컸는데 우선으로 사회적으로 그냥 봤을 때 평판이 나쁘지 않고 이런저런 조건이 괜찮은 누가 봐도 괜찮다고 말할 만한 사람들이었음에는 분명했다.

하지만 '그녀에게' 좋은 사람은 아닌 것으로 보여졌다. 왜냐하면 그녀와 맞는 부분이 거의 없는 사람들이었기 때문이었다. 애초에 그녀가 경계심이 많았던 것도 어떤 사람과는 말이 안 맞을 때가 많다거나 즐겁지 않기에 그랬던 것이었는데 주변에서 괜찮아 보이니까 일단 만나보라는 말이 문제였던 것으로 보여졌다.

그녀에게 그래서 '좋은 사람'의 기준을 조건 빼고 어떤 사람일 거 같냐고 물어보았다. 그녀의 답변은 자신에게 잘해주는 착한 사람이라는 대답이 돌아왔다.

흔히 우리는 기준을 세울 때 눈으로 보이는 부분으로 우선시하는 경향이 있다. 물질적 능력. 외모. 행동 등 일단 상대를 만나고 얼마 안 되어서 파악할 수 있고 되도록 변하지 않을 법한 요소가 그 기준이 된다.

그리고 그 기준들은 마치 사회적인 약속인 것처럼 정형화되어있다. 그것을 빼고 나머지는 대부분 착하다 잘해준다 라는 것을 막연하게 생각하곤 한다.
하지만 잘 생각해보면 연애를 하기 전에는 몰라도 연애를 하고 나면 앞서서 눈에 보이는 기준들보다 내게 얼마나 잘해주고 착하다고 느끼는 심성이나 마음가짐에 더 영향을 받는다. 그 때문에 우리가 흔히 좋은 사람이라고 말하는 정형화된 기준보다 나에게 얼마나 잘 맞는가가 중요해진다.
그러므로 좋은 사람이라는 건 내게 얼마나 잘 맞는 사람인가에서 출발해야 하는 것이 맞을지 모른다. 그래서 그녀에게 그녀의 성격에 맞는 사람을 만나보려고 노력한 적이 있는지 물었다.

그런 적이 있었는데 주변에서 말하는 더 좋은 사람을 만날 수 있다는 말을 듣다 보니 작은 것에도 아쉬움을 크게 느끼고 결국에는 만족하지 못해서 헤어졌다고 하였다.

그녀에게 먼저 주변의 말보다 우선 자신의 주관을 먼저 하라고 조언하였다 그리고 그간의 연애를 돌아보면서 자신에게 가장 중요한 가치가 무엇인지를 찾는 것을 우선시해서 그것을 가진 사람을 찾으라고도 덧붙였다.

누구나 좋은 사람을 만나고 싶어 할 것이다. 좋은 사람을 만나고 싶다면 좋은 사람이 되라는 말도 들어보았을 것이다. 그 좋은 사람은 나에게는 어떤 사람일지 한번 고민해보길 바란다. 연애는 정형화된 답과 맞추고 따라가는 것이 아니기 때문이다.

평점이 높아 고른 영화는
실패할 확률이 낮을 것 같지만
그게 내 취향일 확률도 높을까

#자신에게_좋은_사람이_어떤_사람인지_알아야_하는_이유

06

옳은 선택이 아닌 편한 선택을 하면 안 되는 이유

그가 말하길 그녀는 그의 오랜 친구의 여자친구였다고 했다. 그리고 어느 날 그녀는 자신에게 고백해왔다고 말했다.

그는 그녀가 그럴 줄 몰랐던 것은 아니라고 한다. 왜냐하면 친구와 가까웠던 만큼 셋이 함께 어울릴 때가 많았는데 그때마다 자신에게 좀 더 우호적이었고 말이 더 잘 통한다고 하며 어필하길래 혹시나 하는 생각이 들었다고 한다.

중요한 건 그런데도 양심상 그녀의 그런 행동에 적극적으로 받아주진 않았고 그렇다고 또 먼저 나서서 선 긋기에는 착각일 가능성도 있어서 그냥 아무 말 않고 있었다고 했다.

친구에게 말하는 방법도 있었지만, 괜히 문제를 일으키는 것 같아서 친구에게도 그녀의 그런 태도에 대해서 말하진 않았다고 한다.

그렇게 어영부영 지나가는 동안 친구는 그녀와의 결혼을 생각하고 있다는 걸 알게 될 즈음 그녀가 자신에게 고백해온 것이었다.

그는 어느 정도의 죄책감을 느끼면서도 또 한편으로는 외로워서 그런지는 몰라도 그녀의 자신을 향한 마음에 자신도 혹하게 되는 것이 있다고 하였다. 아직 대답을 유보하고 있지만 어떻게 해야 할지 모르겠다고 하였다.

분명 우리는 살면서 이와 유사한 이야기를 심심찮게 듣고는 한다. 필자의 경우 직업 특성상 이러한 이야기들을 매우 자주 접하는 편인데 그럴 때마다 만감이 교차하곤 한다.

분명한 것은 그 사람의 고백을 받는 것은 옳은 일은 아니다. 저마다의 입장이 있고 당사자로서는 로맨스가 될 수 있을지는 몰라도 명확하게 옳고 그름을 따져본다면 옳은 일은 아닌 것이 분명하기 때문이다.

하지만 그런데도 그 사람이 끌리게 되어버린 마음은 어쩔 수 없는 것이기에 정말 그 사람과 함께하고 싶다면 옳은 일을 하는 것을 우선으로 두라고 조언했다.

결혼을 생각하는 친구의 뒤에서 불편한 것을 다 피해 가면서 그 여자친구와 만나고 그러다가 그 여자친구가 친구와 어영부영 헤어지고 나는 적당히 그 친구를 거리 두면 크게 불편한 것 없이 넘어갈 거라는 마음을 가지는 건 옳은 생각이 아니라는 것이다.

정말 만나고 싶다면 현 상황에 대해서 언급하고 그 둘이 상황을 정리한 이후에 만나는 것이 그나마 옳은 길일 것이다.

인간관계에서는 수많은 예측 불가능한 일이 일어나곤 한다. 분명 옳지 않다고 느끼는 일들도 그중 하나에 포함되어있고 때로는 남들이 손가락질하더라도 그것을 선택해야 하는 것 같은 유혹에 사로잡히는 때도 있는 법이다.

중요한 건 그 선택의 갈림길에서 옳은 것을 선택할 순간은 분명히 있다. 그냥 내가 싫은 소리 불편한 소리를 하는 것이 싫어서 어영부영 끌고 가는 건 그건 그 어떤 것보다도 최악이라는 것을 알아야 한다.

아마 이 글을 읽고 있는 당신은 이미 친구를 배신할 가능성을 마음에 품은 시점부터 그릇되었다는 것을 알 것이다. 필자 역시 그렇게 생각한다. 분명 사연 속 그도 그것을 알 것이다.

그렇기에 그나마 옳은 선택을 한다고 하더라도 그는 그가 내린 옳지 않은 선택에 따른 대가를 언젠가는 마주하는 순간이 올 것이다. 이런 일을 마주할 때마다 그런 부분에 대해서도 충분히 언급한다.

하지만 이런 사연 속의 사람들은 옳은 선택이 아닌 편한 선택을 하게 되는 경우가 많다. 옳지 않은 것을 안다면 아는 만큼 마음을 돌리기를 늘 바랄 따름이다.

지금의 감정에 양심을 불태운 뒤는 남는 것이 없을 테니.

아무 선택을
하지 않는 것도
부정하지 않는
하나의 선택

#옳은_선택이_아닌_편한_선택을_하면_안_되는_이유

07

더 사랑하면
바뀔 거라는 것이
착각인 이유

그녀가 말하길 그의 주변에는 항상 사람이 많았다고 한다. 그중에서도 이성 친구가 많았고 자신이 주변에서 볼 때도 항상 많은 사람이 먼저 그 사람을 찾았다고 한다.

적지 않은 시간 동안 그 사람을 지켜보면서 무엇보다 성격이 참 괜찮은 사람이라는 생각했다고 한다. 그랬기에 남자 여자 가릴 거 없이 그 사람 주변에는 많은 사람이 그를 찾는 것이라는 것도 알았다.

하지만 연애 대상으로 바라보면서 그녀는 만일 그와 사귀게 된다면 아무리 그래도 이성친구들과는 거리를 두기를 바란다고 했다. 충분히 공감이 가는 말이었다. 내 연인의 주변에 그냥 친구라는 이름이라고 할지라도 다른 이성이 있는 건 썩 유쾌한 것은 아니기 때문일 것이다.

그런 그녀에게 그의 이전 연애에 대해서 아는 부분이 있는지 물어보았다. 그녀는 직접 물어보진 않았지만 이전 여자친구도 그와 같이 꽤 사교 관계가 좋은 사람이었고 헤어진 지금도 그와 어느 정도 원만한 사이로 지내고 있다고 알고 있는데 왜 헤어진 지는 모른다고 말을 하였다.

그녀와 같이 사교 관계의 중심에 있는듯한 사람을 좋아하는 사연이 종종 오고는 한다. 그런 경우에는 보통 자신은 그렇게 하지 못하는데 그런 모습을 동경해서 반하게 되었다거나 혹은 같이 어울리다 보니 마음이 생겼다는 경우가 보통이다.

이러한 사연의 핵심은 '그런 사람도 연애하면 나만 바라보거나 변할 수 있을까요'라고 봐도 무방하다. 하지만 이런 사연이 왔을 때 필자는 답변의 핵심을 변할 수 없는 것으로 두고 답변을 이어간다.

아마 사연 속 그녀가 그랬던 것처럼 이와 같은 고민을 하는 다른 이들도 이미 그 사람이 변하진 않을 거라는 것을 알고 있다. 다만 연애하니까 어쩔 수 없이 생기는 나만 차지하고 싶다는 마음과 혹시나 하는 불안감이 두려운 것이다.

분명 많은 이성과 접점이 있다면 걱정하는 문제가 생길 가능성이 큰 것은 사실이다. 그것이 그런 사람들이 문제라서가 아니라 원하지 않았음에도 그 당사자들의 의지와는 상관없이 그를 매력적으로 보는 사람들이 많으니 마음이 생기는 것도 어쩔 수 없는 부분이다.

그 때문에 이러한 경우에는 상대를 좋아하는 마음만큼 내가 상대의 그런 특성이나 상황을 얼마나 적응하고 받아들일 것인가에 달려있다. 따라서 얼마나 덜 불안한가보다 얼마나 내가 받아들일 수 있는 정도에서 언제까지 함께 할 수 있을지를 스스로 잘 생각해보는 것이 중요하다.

"이런 사람은 이러니까 만나면 안 돼."라던가 그런 이야기를 하는 것이 아니다. 모든 일에는 그것에 상응하는 대가가 치러지기 마련이며 그것을 단순히 나의 바람이나 어떤 처지가 되었다고 해서 쉽게 변할 수 있는 것이 아니기 때문이다.

어떤 관계나 상황이 되어서 어떤 모습이 되었다는 것은 그렇게 될 만한 사람이 그런 과정을 거친 것일 뿐 그 상황이 그 사람을 갑자기 놀랄 만큼 변화하게 만든 것은 아니라는 것이다.

때문에 그 사람이 변하지 않는 상황이니까 포기해야겠다고 생각하고 아쉬워하기보다 내가 감당할 정도를 분명히 하고 이 정도가 되면 그만둬야겠다는 것을 정한다면 그 사람을 만나보는 것이 나쁜 것도 불가능한 것도 아니라는 것이다.

많은 기대는 많은 실망을 만드는 법이다.
내가 닿고자 하는 그곳에 큰 기대를 하지 않는다면
적당히 만족하고 후회하지 않을 것이다.

우주를 여행하던 중 발견한
오색빛 별 하나
어린왕자의 행성처럼
나만의 집이 되길 빌었는데
묘하게 빛나던 그 별은
나만 이끌던게 아니었더라

#더_사랑하면_바뀔_거라는_것이_착각인_이유

08

나이 차이에
신경 쓰지 않아도
괜찮은 이유

"예전에는 드물었는데 요즘은 드물지도 않아요."라는 말이 최근 상담에서 가장 많이 하는 말이다. 최근 들어서는 이전보다 나이 차이가 꽤 많이 나는 연하남과 썸을 타기 시작하며 고민하는 내담자가 많아졌기에 자주 하게 되었다.

보통의 인식은 남자는 여자를 사귈 때 다섯 살 이상 차이가 나도 자연스럽게 인식되는 경향이 있다. 하지만 그 반대의 경우에는 당사자부터 시작해서 다소 어색함을 느끼는 것이 없지 않아 있는 것이 사실이다.

연애에 있어서 나이가 기준이 되는 경우가 몇 가지가 있는데 이런 경우가 우리가 주변에서 흔히 볼 수 있는 고민 중 한 가지일 것이다. 그렇게 된 것에 원인은 다양하겠지만 그 원인보다. 이런 경우도 괜찮다는 것을 말하고 싶기에 그것에 초점을 두고 싶다.

예전에는 한두 살만 차이가 나도 여성의 경우에는 남자가 연하인 경우 남자로 안 보인다는 이야기를 꽤 많이 했다. 지금도 물론 그런 경우는 있겠지만 예전에 비해서 그런 사람을 찾아보긴 힘들어졌다.

이것을 놓고 보면 결국 이성으로 보는 인식의 정도도 주변이 어떠한가 혹은 어떻게 보일까에 많이 신경 쓰는 경향이 있는 듯해 보인다. 결국 내게 맞는 사람이면 어떤 사람이든 가능성이 있는 것이 아닌 사람들이 봤을 때 이상하게 안 보일 법한 사람을 기준으로 두게 된다는 것이다.

물론 이것이 전부는 아닐 것이다. 개인의 사정이나 혹은 여태까지 연애 상대로 느꼈던 대상과 나이라는 측면에서 차이가 난다면 아무래도 어색하게 느껴지고 그 어색함이라는 감정이 연애 대상으로서 인식함에 부담을 주는 것도 사실일 테니 말이다.

하지만 좋은 사람을 만난다는 것은 때로는 그런 부담이나 어색함에서 벗어나는 것에서 출발한다는 것을 기억해야 한다. 또한 내가 나이가 더 많다고 해서 가치가 떨어진다거나 그런 것이 아님도 기억해야 한다.

이런 고민을 가진 분들의 경우 더러 잘못처럼 느끼는 경우가 있다. 나보다 어리고 괜찮은 여자들이 많을 텐데 왜 나를 좋아한 걸까? 진심일까? 진심이더라도 오래갈까? 라는 생각에 사로잡혀서 자신도 모르는 사이 자신을 깎아내리는 경우가 있다.

하지만 그렇지 않다는 것을 알아야 한다. 호감으로 시작한 마음에는 단순히 나이에 따른 가치들을 비교해서 고르지 않는다는 것이다. 자연스럽게 내게 맞는 사람이라고 생각해서 자연스럽게 좋아하게 된 것이고 거기에는 이미 나이라는 가치는 큰 문제가 아니라는 것이다.

때문에 잘못된 것 마냥 그 관계를 받아들이지 말고 자신감을 가지는 게 필요하다 어차피 사람과 사람이 좋아하는 것이고 자기가 그 좋아하는 감정에 책임을 질 수 있으니 좋아한다고 표현한 것일 테니 말이다.

누구나 삶에 있어서 꽃이 지고 피는 시기가 있을 것이다. 당신이 '내가 이래도 되는 걸까?'라고 생각하는 그 순간도 어쩌면 당신이 꽃 피고 있는 순간일지 모른다. 그렇기에 그 어느 때보다 예쁜 사랑을 할 수 있을 거라 믿고 뛰어들어 봐야 한다.

꽃이 지고 나서 그때가 봄이었다고 생각해 봐야 소용이 없다. 지금 다가온 것이 그간 내가 겪어왔던 세상과 다르다고 해서 너무 경계할 필요가 없다. 당신의 시간에서는 그것을 겪을 시간이며 충분히 행복해질 자격이 있다.

그런 행복을 위해서 망설이는 손을 그에게 뻗어 닿기를 바란다. 그래도 괜찮으니까.

모르겠다는 그런말
행여나 마세요
당신은 어느날의 노을보다
다채로운 색감을 지녔어요
그 물결에 잠식되고 싶을뿐이에요

#나이_차이에_신경_쓰지_않아도_괜찮은_이유

09

회피형을
피해야 하는
이유

"그는 멋진 사람인데 공감 능력은 낮은 것 같아요." 그녀가 그에 대해 묘사한 첫 마디였다. 그녀는 같은 직장 동료인 그를 좋아하게 되었는데 평소 그의 일을 하는 모습이나 그 분야에 대한 열정을 보고 반하게 된 것이다.

사람마다 누군가에게 반하는 포인트는 다양하지만 그중 대표적인 예를 들라고 한다면 일에서 열정적인 모습을 보일 때라고 언급하기에 필자로서는 그 부분이 충분히 공감이 되었다.

다만 그녀가 언급한 '공감 능력 부족'이라는 말이 신경 쓰여서 어느 정도로 부족한지 물어보았다. 우선적으로 그녀는 그가 잘 아는 직업적인 분야에 대해서 이야기하거나 기본적으로 남들에게 예의 바르게 보일법한 부분에 대해서는 문제가 없어 보였다고 한다.

하지만 개인적인 부분에 대해서 이야기할 때는 곧잘 자신은 공감 능력이 부족하다거나 감정적으로 잘 이입하지 않는 성격이라서 이해가 잘 안된다는 말을 꺼내곤 했다는 것이다.

그것이 정말 경험하지 않고서는 이해하기 힘든 일이라면 모르겠지만 조금만 상대의 입장에 대해서 생각해도 알 수 있을 법한 이야기였음에도 상대는 그냥 잘 모르겠다 하거나 자신은 경험한 적이 없어서 모르겠다 혹은 그냥 어색한 웃음으로 넘기는 형태로 앞서서 이야기한 공감 능력이 부족함을 어필하였다는 것이다.

그러한 그의 모습에 그 사람이 사귀었을 때 좋은 사람인지 아닌지가 궁금했다는 것이 그녀의 고민이었는데 그것을 답하기에 앞서서 그 사람과 왜 사귀고 싶은지 물었다.

그녀는 앞에서 언급한 그 사람의 성실함이나 열정에 대해서 반복해서 이야기했을 뿐 특별하게 그 사람과의 어떤 유대가 있어서 마음이 생긴 건 아닌 것으로 느껴졌다. 그도 그럴 것이 어떤 이야기를 해도 자기가 조금이라도 불편해지면 공감이 힘들다거나 어색한 웃음으로 넘긴다면 분명 제대로 된 대화가 이어지기 힘들었을 것이다.

그래서 그녀에게 일단 지금 가지고 있는 어떤 존경스러운 느낌이라던가 멋있게 보이는 부분은 일시적인 환상에 가까운 것이라고 말했다. 또한 연애라는 건 상호작용인데 공감 능력이 부족하다는 것을 그렇게 반복적으로 이야기하는 것은 결국 불편한 것은 안 하겠다고 하는 것이나 다름이 없다고 덧붙였다.

분명 주변에서도 그런 사람을 보았거나 연애 중 나는 공감 능력이 부족해, 감정이 무딘 편이야 라는 말을 하며 조금만 불편해도 회피하려 하는 연인에 대한 이야기를 들어보았을 것이다. 이러한 경우는 정말 공감 능력이 부족할지 아닐지 모르겠지만 그런 것을 떠나서 어떤 관계가 형성된 후 최소한의 노력도 가급적이면 피하겠다는 의지로 해석해도 무방할 것이다.

분명 관계는 여러 가지로 불편하거나 자기가 겪지 않았기에 공감하기 힘든 부분들이 존재할 것이다. 공감이라는 것은 대부분의 경우 노력이다. 내가 그 상대와 똑같은 일을 경험해야만 공감할 수 있는 것은 아니라는 것이다.

때문에 누군가는 관계를 위해 노력하는데 신경 쓰기 싫은 것을 그렇게 표현하며 회피한다면 그 사람은 대외적으로는 할 것을 철저하게 해서 좋은 사람이고 반듯한 사람일지 몰라도 연애에 있어서는 이미 좋은 사람은 아닐 것이다.

때문에 그녀에게도 그는 적어도 연애에 있어서는 결국 공감을 전혀 안 해주고 나 혼자만 노력하는 것 같은 느낌이 들어도 상관없을 것 같으면 모르겠지만 그게 아니라면 마음을 접는 게 좋을 것 같다고 말을 하며 마무리를 하였다.

연애는 둘이 하는 것이다 그것을 꼭 기억했으면 한다.

너무 힘든 사랑은
사랑이 아니라고 했지
혼자만 애쓰는 사랑도
사랑이라 부르지마
너도 날 더이상 부르지마

#회피형을_피해야_하는_이유

10

과거에 얽매이지
말아야 하는
이유

그는 한 번의 이혼을 겪은 뒤 몇 년간 혼자인 상태라고 했다. 혼자 지냈던 이유는 이혼 이후 정신적으로 많이 지친 것과 더불어 여자에 대한 불신과 회의감이 컸던 것도 있다고 했다.

굴곡 없이 무난한 어린 시절에 아쉬울 것 없던 학창 시절 또한 사회생활을 시작하면서도 그는 고민 없이 살아왔고 자연스럽게 가정을 이루었지만 결국 허무하게 끝나버린 첫 번째 결혼 이후에는 그렇게 뭐든 안 풀리는 쪽으로만 가는 것 같다고 말을 했다.

그런 상태로 지내다가 불신과 회의감도 옅어질 즈음 그에게는 다시 외로움이 찾아들었다고 한다. 문제는 이전에는 자연스러웠던 것들이 이혼 이후에는 부자연스러웠다고 한다.

당연히 그럴 것이 별 굴곡 없이 자신감 있게 해도 성취만 경험했다면 한 번의 좌절 그것도 인생에서 큰일 중 하나인 결혼에서 경험했다면 더 크게 와 닿았을 수 있을 것이다.

그래서 그는 자신에게 있어서 무력감을 느꼈고 이후 자신감도 많이 떨어진 상태에서 과연 새롭게 여자를 만나고 잘할 수 있을지 고민이어서 찾아 왔다고 했다.

분명 그가 가진 문제는 가벼운 문제가 아니다. 그냥 한 번의 실패는 훌훌 털고 기합 넣고 다시 마주하면 된다고 말할 수 있을지 모르지만 이미 그에게 있어서 그는 다시 기합을 넣을만한 그 자신감 있는 이미지가 사라졌기 때문에 그냥 쉽다 어렵다의 문제가 아니라 '처음부터 새롭게 만들어야 된다' 에 가까운 난이도가 된 것이다.

그런 그에게 외롭기 때문에 다시 기회를 만들고 시작하려 하는 것인지 질문했다. 그는 그런 것도 있지만 언제까지나 무기력한 느낌을 느낄 수는 없기에 새롭게 관계가 형성되면 뭔가 나아지지 않을까 하는 생각을 가졌다고 한다.

그것을 보며 문득 그는 새로운 기회를 만들고 잡는다기보다 과거의 실패를 만회하려는 듯이 보였다. 그래서 우선은 그 부분에 대해서 언급하며 그에게 새로운 기회를 잡기에 앞서서 과거를 정리하는 것을 우선적으로 이야기했다.

누구나 살면서 크고 작은 실패를 한다. 하지만 그런 것을 전혀 경험하지 못하고 무난하게 살아오거나 실패를 해도 크게 고민 안 해도 해결될 능력을 가지고 살아왔다면 되돌리기 힘든 좌절을 경험했을 때 심하게 그것에 얽매이는 경향이 있다.

때문에 그 이후 모든 결정들은 그 실패를 만회하기 위해서 내리게 되는 경우가 많은데 그럴 때 더 망가지고 꼬여가기 시작한다는 것을 알아야 한다.

그는 이후 몇 번의 상담을 통해서 과거를 만회하는 것이 아닌 실패는 실패라는 것을 받아들이는 것이 되었다. 이후 그는 조금씩 새로운 기회를 만들고 잡기 위해서 노력했고 그 결실을 맛보게 되었다.

앞서서도 언급한 것처럼 누구나 실패는 경험한다. 그것이 지금처럼 결혼이라는 문제가 될 수도 있고 연애가 될 수도 있고 그 외의 문제가 될 수도 있다. 그 이후 다시금 일어서는 것이 쉽지는 않을 것이다.

하지만 그 실패는 당신의 가치를 정하는 것이 아니다. 꼭 만회해야만 더 나아지는 것도 혹은 더 행복해지는 것도 아니다. 그렇기에 트라우마에 사로잡혀서 앞으로 나아가지 못한다면 우선 나아갈 생각을 하기보다 얼마나 과거에 묶여있는지를 돌아보길 바란다.

아직도 늦지 않았고 언제까지고 늦지 않을 것이다.

당신이 과거와 진정으로 이별할 수 있을 때 새로운 기회는 언제나 그 자리에서 당신을 맞이할 것이니 말이다.

안녕을 고하고 싶어서
케케묵은 일기장을 찾았어
표지 위 쌓인 먼지만큼
잊지 못해도 털어보려 해
후 불어 덜어낸 기억만큼
이제 서랍에 넣어두려 해

#과거에_얽매이지_말아야_하는_이유

11

당연한
것은
없다

그녀는 언젠가부터 상대로부터 애프터가 들어오지 않았다고 한다. 첫 만남에서 비교적 무난하게 대화한 것 같았고 분위기가 딱히 나빴던 것도 아니며 상대도 자신을 마음에 들어 하는 것 같은 모습을 보였기에 애프터를 넘어서 삼프터(소개팅으로 만난 남녀의 세 번째 만남)는 가벼울 거라고 생각했다고 한다.

그렇게 잘 풀리지 않는 일이 잦아지자 한번은 소개팅을 주선해준 이에게 상대가 왜 자신을 마음에 들어 하지 않았는지 물었다고 한다. 하지만 돌아오는 대답은 상대는 마음에 들어 했다는 것이다.

그렇다면 왜 애프터를 상대가 제안하지 않았는지를 이어서 질문하니 "너도 안 했잖아."라는 답이 돌아왔다고 한다. 그 말에 자신이 먼저 해야 하는 게 맞는 건가 고민하다가 상담을 신청하게 된 것이다.

소개팅을 떠나서 이성을 만나고 관계를 발전시켜 나감에 있어서 남자의 리드 혹은 선 제안이 당연하다고 느껴지던 시절이 있었다. 분명 그것은 지금도 어느 정도 있지만 최근에는 '마음에 들면 누구라도 먼저'가 더 많아 보이곤 한다.

그것은 언 듯 보기에는 이전처럼 일종의 성역할과 같은 느낌에서 벗어나 평등한 느낌을 주는 듯해 보인다. 하지만 다르게 생각하면 그 누구도 확실히 마음에 들지 않으면 먼저 연락하지 않는다는 것이 되어버린다.

그렇기에 이전처럼 애프터 혹은 삼프터까지 예의상이라도 확정된 만남을 가정하고 만나는 것이 아니라 그냥 서로 애매한 느낌이었는데 상대가 적극적이지 않으면 그 관계는 그냥 애매한 상태로 끝나버려서 첫 만남에서 끝이 결정되는 일이 많아졌다.

그 탓인지 연애 상담에서 첫 만남 이후에 애프터가 올 줄 알았는데 오지 않고 기다리다 먼저 연락했더니 이미 늦어서 잘 안되었다는 고민이 이전에 비해서 많이 늘어났다.

그런 것을 보면 이제는 더 이상 당연한 것은 없다는 것이 느껴진다. 따라서 상대와의 첫 만남을 돌아보면서 고민한다거나 이런 게 아닌 정말 괜찮으면 그 순간에 적극적이게 해야 하고 남자가 먼저 연락할 때까지 기다리는 게 아니라 더 만나보고 싶다면 먼저 말을 꺼내는 게 어느 정도 유효하게 되어버렸다.

그 때문에 그녀에게 무엇이 옳고 그른가 혹은 남자가 여자에게 호감이 있다면 어떻다는 식의 글을 너무 신용해서 그걸 기준으로 행동하기보다 일단 마음에 조금이라도 들거나 다음 한두 번을 더 만나보고 싶다면 먼저 행동하는 것이 필요할 거라고 답해주었다.

그녀의 경우에는 여태까지 자신에게 먼저 제안해주는 남자만 만나왔기에 이렇게 능동적이고 적극적으로 행동하는 것을 해본 적이 없어서 그렇게 하는 것이 맞는지 아닌지 몰랐던 것으로 보여졌다.

당연하게 만나고 나면 남자가 연락이 왔고 그 사람이 조금 마음에 안 들었어도 만남을 수락해서 한두 번은 더 만나보는 것이 여태까지 그녀의 루틴이었다. 하지만 언젠가부터 그런 상황이 생기지 않으며 자신이 이전보다 가치가 떨어져서 그런 것인가라고 생각이 이어진 것이다.

분명 연애하기 위해 흔히 말하는 연애 시장에 뛰어든 사람이라면 꼭 이 사연처럼은 아니더라도 원래 당연하다고 생각했던 것이 당연하지 않게 되면서 발생하는 경험을 해본 적이 있을 것이다.

그런 현상 때문에 자기 외모나 그날의 행동에 대해서 지나치게 평가하고 자신의 자존감을 깎는 평가를 하고 있는데 그것은 초점이 잘못된 것이라는 것을 알아야 한다.

자기 외모나 특정 이성을 저격하는 기술의 부재가 아닌 사랑받고 싶은 만큼 자신에게 적극적인 사람에게 더 마음을 써주는 쪽으로 변화해가는 것이 있을지 모른다. 더 이상 "남자 혹은 여자는 당연히 이렇다."라는 건 없으니 말이다.

당 - 당연하지 않아
연 - 연이 닿기 까지
하 - 하고 많은 시간이
지 - 지나가기에
않 - 않음 또한 배우고
아 - 아무렇지 않게 해나가

#당연한_것은_없다

12

외모에
자신감이
없을 때

연애의 시작 단계에서 '외모' 는 매우 큰 비중을 차지한다는 것을 알 것이다. 누군가는 외모 때문에 좀 더 주위의 동성보다 우위를 점할 수도 있고 누군가에게는 반대로 작용하는 예도 있을 것이다.

다만 이러한 어쩔 수 없는 격차에 대해서 여태까지 "부족해도 괜찮아요. 자신감을 가지고 자신을 사랑하면 분명 그 매력을 알아보는 사람이 나타날 거예요."라는 형태의 말들로 때워가듯 온 것이 문제일 것이다.

외모에 관한 문제는 어쩔 수 없는 것에서 출발해야 한다고 생각한다. 왜냐하면 아무리 잘 관리한다고 해도 기본적으로 외모 스펙이 높은 사람 역시 그냥 가만히 있는 것이 아닐 거라고 상대평가가 되는 순간 부족해지는 건 어쩔 수 없다.

또한 가장 눈에 띄는 키를 예로 들자면 아무리 보조용품을 사용해도 근본적인 한계라는 건 정말 어쩔 수 없다는 영역에 둬야 할 것이다.

따라서 차이가 있는 상대와 동등해지려고 마음가짐을 가지기보다 어쩌면 그냥 지금의 상태가 나라는 사람 하나로만 생각했을 때는 가장 최고의 상태일 수 있음을 알아야 한다.

외모 때문에 주눅 들지 않기 위해서 자존감을 높인다거나 억지로 스펙이 높은 사람들을 필요 이상의 노력을 해서 따라 잡으려 하기보다 지금의 상태에서 전략을 짜려고 노력하는 것이 필요하다는 것이다.

이전에 대머리인 남성이 소개팅에 나갔을 때 반응이라는 게시글을 본 적이 있다. 게시글에서 인상적이었던 것은 그 남자는 상대의 반응에 있어서 크게 신경 쓰지 않고 도리어 자기 머리를 만져보겠냐는 식으로 유머러스하게 분위기를 유도한 부분이었다.

그건 그 사람이 자존감이 높아서 그런 거 아니냐는 말을 할 수 있겠지만 한번 생각해보길 바란다. 정말 자존감이 높아서 그렇게 할 수 있으면 좋겠지만 그 대사를 미리 연습하고 딱 그 한 번의 만남에서 되든 안 되든 실행한다고 생각하면 딱히 자존감이 높지 않아도 못할 것은 아니지 않겠는가 하는 것을 말이다.

분명 외모가 약점이라면 연애의 시작 단계는 어려울 수밖에 없다. 하지만 위 예시처럼 약점이 되는 부분을 잘 이해하고 있다면 그것에 따라오는 상대의 반응도 쉽게 예측할 수 있다. 그렇다면 나머지는 그 반응을 어떻게 다룰 것인가에 대한 전략만이 남은 것이다.

만남을 잘 생각해보라 외모가 분명 처음 만나기 직전 혹은 직후에는 상당히 큰 부분을 차지한다. 하지만 그 외의 다른 부분들도 무시하지 못한다. 얼마나 그날의 만남이 즐거웠는지 혹은 어떤 인상을 상대방에게 강하게 심었는지 이런 것들 또한 큰 요소로 차지한다.

그리고 주변을 돌아보면 꼭 잘생긴 사람과 예쁜 사람만 끼리끼리 만나서 연애하는 것이 아니다. 그러므로 외모가 약점이더라도 그 약점에 너무 신경 쓰느라 다른 것을 망칠 필요는 없다는 것이다.

따라서 외모로 인한 실점을 다른 부분으로 만회한다면 적어도 그 첫 만남에서의 평가는 '외모는 내 취향은 아니라도 다른 부분이 괜찮아서' 가 될 가능성이 생기게 되는 것이다.

그렇기에 내가 그 사람에게 다가갈 이야기는 어떠할 것인가. 나의 강점은 어떻게 포장되어서 어떻게 보일 것인가를 잘 생각해보고 그 방향대로만 해보려고 노력해보는 것이 필요하다.

큰 자존감도 자신감도 필요 없다. 그냥 그 순간에 그 준비해간 것 중 반만 해도 성공했다고 생각해보라, 연애하고 싶은데 외모에 계속 신경 쓰느라 잘 안 되는 것보다 딱 한 번 그렇게 해보는 게 더 좋을 것이다.

분명 당신도 할 수 있다. 타인을 억지로 따라잡거나 깎아내리기보다 자신을 위한 이야기를 만들어보길 바란다.

좁힐 수 없는 앞으로의 방향보다
남부럽지 않은 사랑을 하고 싶다면
남 부러워하지 않는 사람으로
갈피를 잡고 나만의 앞을 향할래

#외모에_자신감이_없을_때

13

초조함에 연애를 하려고 하면 안 되는 이유

"상처 받기 싫어서 또 누굴 만나고 싶지 않아."라는 이야기를 들어본 적이 있을 것이다. 흔히 하는 이야기고 누구든 상처를 받으면 그것을 또 반복하는 것이 싫어지는 건 어쩌면 당연한 이야기일 것이다. 그리고 이미 다 알고 있듯 그 상처도 차츰 극복되고 내뱉은 말과는 달리 새로운 시작을 하며 그 상처들은 지난 기억 속의 '그땐 그랬지' 수준의 추억이 된다.

하지만 그렇게 되지 않는 경우도 있다. 불안하기에 인생을 최대한 안전하게만 선택하고 애매할 경우에는 아예 시도조차 하지 않으며 적당히 상처받지 않을 거리에서 인간관계를 하는 그런 사람이 있다.

그는 그런 사람으로 어린 시절부터 여러 가지 집안 사정으로 자주 이사를 가고 새로운 곳에 적응하고 양친에게는 늘 어떻게 될지 모르니까 항상 준비해야 한다는 소리를 성장기 내내 들어왔던 사람이었다.

그런 환경 탓인지 그는 성인이 되어 부모로부터 독립한 지금에서도 이런저런 일상의 불안을 겪고 있었다. 흔히 우리가 불안을 겪는 사람의 이미지를 떠올리면 보는 사람역시도 그 불안을 느낄 정도로 어딘가 초조해 보인다거나 혹은 최소 걱정이 많은 사람 정도의 이미지를 떠올릴 것이다. 하지만 그는 달랐다.

그는 우리가 평범하게 마주칠 수 있는 그저 하루를 자기의 위치에서 무난하게 살아가는 사람이었으며 엄청 사교적이진 않더라도 적어도 주변에서 거리를 둘만한 사람처럼 보이지 않는 그런 모습으로 살아오고 있었다.

그것은 그가 여러 가지 불안으로부터 자신을 지키기 위해서 결정한 수많은 규칙 때문인 것으로 보여 졌다. 불안함을 밖으로 보이면 그 때문에 더 불안할 일이 많이 생길 것으로 생각한 그는 적어도 우리가 흔히 아는 무난한 이미지들을 따라하며 조금이라도 덜 불안한 상황을 만들기 위해 애써온 것이다.

그렇게 지내면서 그것은 곧 연기가 아닌 습관이 되었고 최소한 그렇게 행동했을 때 불안할 요소들이 없는 선에서 잘 지내왔다고 한다. 하지만 그것은 결국 어떤 모순된 상황에서 깨지고 말았다. 그것은 그가 여태까지 거리를 둔 인간관계에 대한 부분이었다.

인간관계가 깊어지면서 생기는 일이 싫었고 그것이 잘 해소가 되지 않았을 때 오는 일에 대한 불안감도 싫었기에 거리를 두고 살았는데 필연적으로 마주하게 되는 "혼자."라는 부분에서의 불안감이 주변의 변화로 인해서 찾아오게 된 것이다.

흔히 살면서 그런 순간이 있을 것이다. 나빼고 다 연애를 하고 있다고 느끼거나 주변에서 슬슬 결혼하는 사람이 한 둘 나오기 시작하면 느껴지는 초조함과 같은 감정을 느끼는 순간을, 그도 그러했다. 그냥 적당한 거리에서 고만고만하게 지내는 사람들이라 할지라도 연인이 생기고 결혼을 하는 모습을 보고 그런 감정이 생긴 것이다. 그에게 있어서 '특별하게 친한 사람'이라는 것은 그렇게 중요한 부분이 아니었다. 하지만 그런 사람이 없어도 괜찮을까 하는 부분은 해소된 것이 아닌데 없으면 안 되는 거 아닌가 하는 불안이 그를 집어 삼키고 평생의 반려를 찾기 위해 연애를 해야 하는 것이 아닐까 하는 생각으로 이어진 것이다.

그런 그에게 우선 불안을 쫓지는 말라고 조언을 하였다. 그의 인생은 불안하기에 그것을 대비기 위한 선택들로 이뤄져 있음을 상기시키고 우선은 그런 불안에서 피하기 위해서 선택하는 연애는 좋지 않은 것을 넘어서서 더 큰 불안을 만들 것이라는 것을 설명했다.

그 이후 그에게는 정말 연애가 필요한 이유를 먼저 찾아보는 것이 필요하다는 말을 이어서 했지만 여태까지 무엇이 정말 필요해서라는 선택이 아닌 불안을 피하기 위한 선택을 해온 그가 잘 해낼지는 알 수 없다. 그저 그가 지금의 순간들을 "그땐 그랬지."하며 추억하게 될 정도로 잘 해내길 바랄 뿐이다.

겨울솜같은 페르소나를 가진 당신
홀로 꽁꽁싸맨 두터움에 온기를 나누기 어려워
가면 아래 민낯을 터부시 해온 시간이
층층이 쌓여 겹겹이 올라 지금이 됐기에
무뎌진 듯 착각도, 멀리온 듯 후회도 되겠으나
그럼에도 그대에게 봄은 올 것이니
그 따스한 바람은 나에게 있었음을 그때는 알겠지

#초조함에_연애를_하려고_하면_안_되는_이유

14

고백을
생각하고 있을 때
알아두면 좋은 것

고백을 앞둔 그의 고민은 누구나 한 번쯤은 생각해봤던 고민이었다. 그것은 "잘 안
되면 그 사람을 잃게 될 건데 어떻게 하죠?" 라는 것이다.

분명 고백에는 그러한 문제가 있다. 이미 마음을 내보인 이상 관계가 이전처럼 흘러
가기란 아무래도 무리가 있다. 하지만 그것은 고백한 당사자의 태도가 어떠냐에 따
라서 꼭 확정적인 일은 아니라는 것이다.

다행스럽게도 사연을 다 들어보았을 때는 이미 그 둘은 거의 썸 타고 있다고 봐도
무방할 정도로 이성으로서의 호감을 서로에게 보이는 상태였다는 것이었다. 그런데
도 지나치게 걱정이 많은 성격이라 확신을 하고 싶어서 상담을 신청한 것이었다.

너무나도 당연하게도 그의 고백은 성공적이었으며 둘은 사귀게 되었다고 한다. 하
지만 세상에는 그처럼 다행인 일만 존재하진 않을 것이다.

저런 경우의 사연에서 가장 안타까운 상황은 상대는 자신을 이성은커녕 아는 사이
로서도 애매한 정도의 친함으로 생각하고 있을 것 같은 상황에 고백을 준비하는 경

우가 가장 안타까운 경우라고 할 수 있다.

상대를 처음부터 좋아한 나머지 인간관계에서 가장 기본적인 친밀감 형성보다 그냥 자기 생각에 갇혀서 상대의 반응 하나하나에 의미 부여를 하고 반응하며 시간을 보낸 경우이기 때문이다.

이때 우선은 친해지라는 조언을 먼저 하고는 하는데 그 사람을 좋아하는 마음이 크다 보니까 앞에만 서면 떨려서 어떻게 친해질지 모르겠다는 대답이 주로 돌아오곤 한다.

여기서 관심 있게 봐야 할 부분은 '떨린다'라는 부분인 건데 그 떨린다는 감정 때문에 해야 할 것을 안 하고 한 번에 관계를 되든 안 되든 고백해서 정리하겠다는 식으로 풀어가는 건 정말 좋지 않다는 것이다.

어떤 관계든 한 번에 무언가 크게 결정될만한 행동은 하지 않는 것이 좋다. 왜냐하면 상황은 언제든 바뀔 수 있고 그 한 번에 너무 큰 의미를 부여하게 되거나 큰 파장을 일으킬 수 있는 움직임이 되어버리면 그것은 감당하기가 쉽지 않기 때문이다.

그러므로 고백도 한 번에 자신이 불편하거나 불안한 마음을 해소하기 위해서 하는 게 되어서는 안 된다는 것이다. 떨리고 어떻게 해야 할지 잘 모르더라도 우선은 상대에게 내 존재를 알리는 것이 필요하고 나라는 사람을 받아들일 시간을 줘야 한다는 것이다.

하지만 안타깝게도 그런 것이 없이 무작정 뛰어들었다면 실패하더라도 그것이 끝은 아니라는 것을 알아야 한다. 분명 큰 상심이 있겠지만 나에게는 끝이라고 생각한 그 시점에서 상대는 이제 처음으로 나를 인식한 것일지 모르기 때문이다.

때문에 한 번에 모든 것이 성공하지도 실패하지도 않는다는 생각을 가져야 하며 실패했더라도 일단은 그 실패를 기반해서 향후의 행동을 정하기보다 실패한 건 실패한 거고 어찌 되었든 상대가 나를 새롭게 인식했으니 그때부터 상대에게 어떻게 하면 불편하지 않을까를 고려한 움직임을 고려해야 한다.

다만 그것이 가능해지려면 상대를 좋아한다는 마음에 너무 무게를 두지 않는 것이 중요하다. 물론 그렇다고 해서 상대를 덜 좋아하라는 소리가 아니라 내 마음만을 중심으로 해서 미래를 생각한다면 한 번에 모든 게 해소되길 바라는 마음에서 시작했던 것 혹은 한번 거절당했다고 모든 것이 끝났다고 생각하는 것과 다를 바가 없다는 것이다.

마음이 극단적으로 향하지 않도록, 한 번에 무언가를 결정짓는 일도 없도록 상대를 향한 내 마음보다 상대의 관점을 바라볼 시간이다.

끝점이 아니라
시작이 되기에
두근대는 감정이
두절되는 사이가
되지 않도록

#고백을_생각하고_있을_때_알아두면_좋은_것

15

자기계발이
아닌 종류의 취미가
필요한 이유

"열심히 하라는 것만 했는데 그거 때문인 거 같아요." 그녀가 스스로 판단한 연애를 잘 못 하는 이유였다. 그녀는 학창 시절 내내 학업에만 열중하였고 사회에 나와서도 좋은 경력을 쌓기 위해서 일과 자기계발에만 집중해왔다고 한다.

그러한 탓인지 그녀에게는 이성 친구는커녕 동성 친구도 한둘 정도 밖에 없고 그조차도 자신처럼 열심히 사는 것에만 관심이 있는 친구라고 한다.

그러다 그녀는 언제부터인가 계속 그렇게만 살 수 없겠다는 생각을 했고 인간관계로 눈을 돌렸지만 한창 바쁘게 흘러가는 자기 삶과 애초에 좁았던 인간관계의 폭을 어떻게 넓혀야 할지 모르는 막막한 상황에 놓여버린 것이다.

살면서 우리는 많은 선택의 갈림길에 서곤 한다. 그 갈림길에서 무언가를 선택하면 다른 쪽은 영영 기회를 잃어버리거나 다시 기회를 얻어도 한참 뒤의 이야기가 되는 경우가 있다.

그녀의 경우에는 그것이 인간관계이고 연애인 것이다. 그녀는 스스로 표현하는 것보다 직장 내에서 그녀를 좋게 보는 사람은 많은 것으로 보여졌다. 그것이 표면적인 지 아닌지는 몰라도 그런 외부의 호의에도 그녀가 돌려주는 것이 표면적인 것에서 그친다는 것은 분명했다.

이러한 부분 때문에 몇 번 상담을 받아본 적이 있는데 대체로 너무 어렵게 생각하지 말고 편하게 대해보라는 조언을 주로 받았다고 말했다. 그것이 언뜻 보기에는 맞는 말이지만 원론적인 말에 지나지 않기에 그녀는 크게 공감하진 못했다고 한다.

필자가 보기에도 그녀는 인간관계가 불편한 것이 아니었다. 어렵게 생각하는 부분 은 있었지만 그런데도 그녀는 대체로 직장이나 그 외의 공간에서 만나는 사람들에 게 이미 편하게 대하고 있었다.

그녀에게 필요한 것은 먼저 자신이 필요하다고 생각해서 하는 것이 아닌 단순히 즐 겁기 위해서 하는 것들이 필요해 보였다. 기본적으로 자신이 무언가를 즐긴다는 것 이 어떤 특정 목표가 있는 것이 아닌 다음에서는 존재하지 않았기 때문이다.

이것이 왜 필요한가 하면 보통의 사람들은 해야 하는 것에 대해서 열정적으로 하는 것보다 해야 할 것에서 벗어난 때에 즐기는 것을 바탕으로 얼마나 통하느냐에 따라 서 호감도가 생기는 경우가 많기 때문이다.

때문에 자기계발이라던가 일을 열심히 하는 사람은 분명 멋있게 보일 수는 있겠지 만 그 영역에서만 이야기가 머문다면 그 이상으로는 감정이 나아가기 힘들다. 연애 의 시작은 좀 더 편안하고 사적인 영역에서 통한다는 느낌이 필요하다.

열심히 살아온 사람들이 많은 업적은 이뤄도 잘 못 하는 것이 바로 편하게 휴식하고 재미있는 것을 즐기는 것이다. 왜냐하면 그 시간조차 쪼개서 성취할 것을 위해 노력하기에 다른 부분에서의 경험이 부족하기 때문이다.

따라서 갑자기 안 하던 것을 억지로 남들을 보며 따라 하거나 즐길 수 있는 척을 하기보다는 자신이 안 해본 것에 습관을 들인다는 개념으로 자기계발이 아닌 가벼운 취미에 재미를 붙이는 것에서 시작해야 한다.

그녀는 그 이후 꽤 긴 시간 동안 상담을 받으면서 위 내용을 근거해서 자신의 새로운 모습을 만들기 시작했는데 흥미롭게도 특별한 모임에 나가지 않아도 그녀가 선택한 취미를 즐기던 사람이 동료 중에 있었고 그 사람을 통해 좋은 사람을 소개받게 되는 일로 이어졌다.

열심히 사느라 경험이 부족할 수는 있다. 하지만 그렇다고 억지로 빨리 그 부족함을 메우려 하진 않는 것이 중요하다. 천천히 하며 몸에 익히면 주변에 있던 기회는 어디가지 않고 여전히 당신을 기다리고 있을 것이다.

바람처럼 자유를 찾아 떠난 길
사뿐한 발걸음만큼 마음도 가뿐
한 치 앞을 보질 않고 가다
갈림길에서 나를 인도해준 그대
표지도 모른 책처럼 만났지만
나의 피앙세가 될 것 같은 예감

#자기계발이_아닌_종류의_취미가_필요한_이유

16

선섹후사도
괜찮은
이유

그녀는 그와 자신이 그냥 즐기는 사이인지 아닌지 알고 싶어 했다. 문제의 발단은 그녀가 소개팅을 통해 만난 남자와 두 번째 만남 만에 잠자리를 하고 그다음에 사귀자는 이야기를 통해 사귀게 된 것에서 시작하게 되었다.

선섹후사(섹스를 먼저 하고 사귀게 되는 것을 뜻함)가 심심찮게 주변에도 있다고는 하며 자신도 그럴 줄은 몰랐지만, 분위기에 그렇게 되었다고 말하며 꽤 혼란스러워 보였다.

그도 그럴 것이 사귀자는 말이 그에게서 나오긴 했지만 두 번 만나는 동안 서로에 대해서 안 것은 별로 없었고 그냥 술자리에서 '재미있었다' 수준에 지나지 않는 상태에서 상대는 자신에 대해서 뭔가 더 질문하거나 알려고 하는 시도 없이 그냥 어디에서 데이트하자는 말만 하니 그녀의 마음이 불안할 법도 하다는 생각이 들었다.

그런 그녀에게 우선은 상대와 즐기는 사이인지 아닌지를 결정하는 것은 그녀 당사자라고 이야기해주었다. 왜냐하면 단순히 분위기 때문에 관계했다는 사실을 제외하고는 나머지는 잘못 흘러가고 있는 게 아니기 때문이었다.

그 남자가 그 이후 연락이 없었던 것도 아니고 먼저 사귀자고 하며 연락도 잘 오고 있고 데이트에 대해서도 이것저것 제안하는 것은 그가 그냥 단순히 흥미로서만 만나는 것은 아니기 때문일 것이다. 따라서 이미 일정 거리 이상을 순서에 맞지 않게 가까워졌다고 생각하더라도 그 생략한 구간에서의 일을 하지 못하게 된 것은 아니라는 것이다.

상대가 나를 알기를 원한다면 왜 나를 더 알려 하지 않는지에 대한 의구심보다 나에 대해서 알려주고 서로 잘 맞는 부분을 찾아가는 것이 필요하다.

예나 지금이나 흔히 알고 있는 연애의 순서나 만남의 형태가 다르면 급격히 불안해지고 그것이 연인 간의 갈등이 생겼을 때 지나친 의미 부여로 이어지는 경우가 있다. 하지만 시작이 어떠하든 지금의 상태가 나쁜 상태가 아니라면 그것을 부정적으로 의식하는 것은 좋지 않다.

어찌 되었든 서로를 좋아하고 있다는 사실에 충실해야 하며 자신이 실수한 것 같다고 생각하는 부분은 조금씩 바로 잡으면 되는 것이다. 몸이든 마음이든 성급하게 허락했다고 해서 그것이 앞으로도 계속 똑같은 수준으로 행해져야 하는 것도 아니다.

성급하다 싶으면 성급하다고 상대에게 어필해야 하며 시작 단계에서 하지 못했다고 생각하는 것을 차근차근히 해나가면 되는 것이다. 괜히 그러한 상황에 애써서 쿨해지려 한다거나 앞서서 하지 못한 것을 이상한 연애 스킬을 통해서 해소하려고 하면 문제만 더 꼬일 뿐이다.

그러한 것들을 그녀에게 설명하고 나니 그녀는 한결 마음이 가벼워진 듯해 보였다. 하지만 여전히 불안이 남았는지 그런 상황을 이끌고 간 남자가 좋은 남자인지 아닌 지를 물었다.

앞서 다른 에피소드에서도 언급했지만, 연애는 혼자 하는 것이 아니다. 그런 부분을 그녀에게 언급하며 좋은 남자 나쁜 남자를 생각하기 이전에 앞으로 어떻게 할지를 좀 더 생각해보는 것이 좋을 것이라고 덧붙였다.

요즘은 시작의 형태도 그리고 마음가짐도 이전과는 좀 더 다르다. 그래서 이전보다 쉬운 사람이 될 수도 있고 반대로 너무 진지하다고 평가받게 되는 예도 있다. 이것 은 사람들의 인식 변화로 인해서 발생하는 문제라 적응하는 것 외에는 달리 방법이 없다.

내가 어떠한 상황으로 어떠한 사람이 되었다고 해서 그것이 옳다 그르다는 관점에 서만 생각할 일은 아니라는 것이다. 항상 지금에 집중해야 하며 형태는 자신이 만들 어감에 있음을 기억해야 할 것이다.

지금을 즐기고 예쁜 미래를 설계해보길 바란다.

그래 혼란에 빠질 수 있어,
물기 듬뿍 머금은 도화보다
더 유효한 감정이었으니.
대신 혼미해지는 말아,
부정에게 마음의 흐름을 빼앗기면
내 자리가 잠식 당해버려.

#선섹후사도_괜찮은_이유

17

연애의
방향성이
중요한 이유

그녀는 연애와는 인연이 없었다고 한다. 앞선 다른 사연에서 다뤘던 것처럼 자기 일에 열중하다가 그렇게 된 것도 아니고 인연을 만들어보려 노력하지 않은 것도 아니었다. 하지만 야속하게도 그녀에게는 기회가 따르지 않았다고 한다.

어린 시절부터 무슨 일이든 적극적으로 하고 또 누군가에게 먼저 다가가서 제안하거나 요구하는 것에 대해서 크게 거부감도 없어서 인간관계에서는 먼저 다가가는 것을 선호했다고 한다.

그래서 마음에 드는 사람이 있으면 먼저 고백도 하고 이러했는데 항상 거부당했다고 한다. 돌아오는 대답은 "너는 참 좋은 여자라서 나 말고 더 괜찮은 사람과 만날 수 있을 거야."라는 지극히 상투적인 차라리 마음에 안 든다고 했다면 더 좋았을지 모르는 말이 돌아왔다고 한다.

그녀는 자신이 못생겨서 그런 것일 거로 생각했다. 하지만 건네받은 사진을 봤을 때는 특별하게 못생겼다고 볼 수도 없었다. 그냥 흔히 우리가 어디에서든 볼 수 있는 그런 느낌의 사람으로 보였다.

그래서 우선은 그녀가 왜 그간 실패했는지 문제를 찾기 위해서 그녀에게 만나고 싶은 사람에 대한 기준을 물어보았다. 하지만 그녀는 그냥 착한 사람이라는 답 외에는 특별하게 생각한 것은 없다고 한다.

계속해서 거절당해왔다면 무언가 기준을 정하고 가려서 누군가를 만난다는 것이 사치처럼 여겨졌을지도 모르니 그녀가 왜 기준이 없었는지 충분히 공감되었다.

하지만 어쩌면 그녀는 기준이 없었기 때문에 계속해서 거절당한 것이 아닐까 싶었다. 원하는 사람의 기준이 없다는 건 다르게 말하면 누구라도 가능성이 있게 되는 것이다. 즉 자신에게 조금이라도 호의를 주는 사람이 있다면 그것을 호감으로 착각하게 될 수도 있다는 것이다.

그녀가 반하게 되었던 사람들과 그 상황을 놓고 보면 매우 다양하고 성격이나 모습 또한 다양했다 하지만 공통점도 있었는데 그것이 바로 위에서 이야기한 것처럼 자신에게 먼저 친절하게 대해줬다는 것에 있었다.

그것은 어린 시절부터 먼저 손 내미는 것이 익숙하다 보니 자신에게 손 내밀어 주는 이성에 대한 경험은 잘 없다 보니 그녀에게 있어서 누군가가 자신을 좋아해서 보이는 호감과 그냥 좋은 사람처럼 보여서 어울리고 싶기에 보이는 호의를 구분하기가 힘들었던 것이었다.

그런 상황에서 실패가 계속 이어졌기에 그녀는 자신에게 있어서 남들처럼 눈에 띄게 예쁜 외모나 남들을 홀리는 매력을 지닌 성격을 가지지 못해서 그러한 것으로 생각하게 된 것이었다.

그래서 그녀는 계속해서 '그랬더라면'이라는 생각과 함께 자기 생각 안에 갇혀있었다. 어떤 사람이 자신과 어울릴지 혹은 어떤 사람이었으면 좋겠는지를 생각하기보다 자신의 가치가 낮으니 일단 잘해주는 사람이 있으면 더 적극적으로 해보자는 식으로 잘못 흘러간 것이었다.

그녀에게는 먼저 그녀 자신에게 문제가 있는 것이 아니라 실패할 수밖에 없었던 방향성이 문제임을 알려주고 자신과 어울릴만한 사람을 함께 고민하고 찾아보자는 방향으로 흘러갔고 이후 그녀는 그동안은 생각도 하지 않았던 타입의 남자와 썸을 타고 첫 연애를 시작하게 되었다.

오랜 시간 타인의 어떤 점을 부러워하며 '그랬더라면'이라는 생각의 감옥에서 빠져나온 순간이었다.

연애의 시작이 가혹할 정도로 어려울 수는 있다. 하지만 그것을 마치 패배한 것처럼 마주할 필요는 없다. 시간은 걸릴 것이시만 그간 생각하지 못한 것에서 뜻밖의 해답을 찾을지 모른다.

그러니 희망을 가졌으면 한다.

먼저 내밀어주는 손에
감사함을 아는 그대였기에
바람결 흔들리는 미소에도
마음을 훌쩍 빼앗겼을 수 있다
허나 과거의 결박에서 벗어나
지표를 다시 되찾을 수 있길

#연애의_방향성이_중요한_이유

18

연애를
무리해서
하려고 한다면

그는 첫 연애 이후 연애가 잘 풀리지 않았다고 한다. 첫 연애가 유독 길었던 탓에 연애의 피로감에서 벗어나는 게 쉽지 않았고 연애의 시작을 경험한 지 꽤 오랜 시간이 지나서 다시 누군가와 처음 시작하는 것이 매우 어색했기 때문이다.

하지만 결국 외로움이라는 것은 다시 피어나기 마련이었고 그래서 그는 적극적으로 소개팅 앱을 비롯한 여러 모임에도 적극적으로 나갔다고 한다.

또한 몸 관리에도 꽤 많은 돈과 시간을 투자하여서 자신을 가꾸는 것에 집중했다. 하지만 그렇게 노력한 것과는 달리 매 순간 잘 안되었다고 한다.

그의 이야기를 듣다 보니 어디선가 본 협상의 기술에 관한 내용이 생각났다. 원하는 것을 얻고자 한다면 절박해지지 말라는 말이었는데. 그것은 실제로 대충 하라는 소리가 아니라 절박함이 보일수록 이용당할 가능성이 생겨서 협상이 도리어 어려워진다는 말이었다.

연애에서 필자도 그런 문제를 경험한 적이 있기에 그가 내보이는 외로움에서 벗어나고자 하는 절박함이 얼마나 연애를 실패하게 했을지 쉽게 머릿속에서 그려졌다.

그래서 그에게 먼저 연애를 위해 이성을 마주하지 않는 연습이 필요할 것이라고 조언했다. 어느 그룹이든 이성과의 만남의 가능성을 어느 정도 포함하고 있다고 하더라도 혹은 실질적으로 그것을 위한 자리라고 하더라도 너무 절박한 것은 때로는 부담으로 느껴진다는 것을 알려주었다.

연애 감정이라는 것이 생기기 전에는 어찌 되었든 상대를 호감으로 느낄만한 요소들이 필요하다. 하다못해 동질감이라도 느끼게 만드는 것이 최우선이다. 하지만 누가 봐도 빨리 연애하고 싶다는 말과 행동만을 보이면 동질감은커녕 속도에서 이미 부담을 느낄 수 있다.

물론 가끔은 그런 속도감에 상대에게 끌려가듯 연애하게 되는 이성을 만나서 운이 좋게 관계가 흘러갈 수 있다. 하지만 누구든 준비되지 않은 연애는 시간의 문제일 뿐 금방 충돌을 초래할 뿐이라는 것을 알아야 한다.

그러므로 그와 같이 연애가 절박하다면 먼저 알아야 할 것은 나는 연애할 준비가 되었는지에서 출발해야 한다. 그냥 막연하게 외로워서 혹은 남들이 하니까 결혼 적령기라서 짝이 필요하니까 이런 동기에서 출발하면 안 된다는 것이다.

그에게 그래서 처음 연애를 시작했을 때의 환경을 기억해 내고 자신에게 있어서 익숙하고 편한 환경을 생각해 보라고 했다. 그리고 연애를 위해서 무리해서 하는 자기에 대한 투자도 돌아보라고 했다. 억지로 끌어올린 모습으로 누군가를 유혹했는데 그 모습을 유지하지 못하면 어떻게 할 것인지를 말이다.

따라서 관리를 하는 건 나쁘지 않지만, 그것이 연애라는 하나의 목적만을 위해서 과하게 투자하지는 말라고 조언했다. 그는 이야기를 듣고 자신이 첫 번째 연애 이후 꽤 오랜 시간이 지났고 시간이 지날수록 뭔가 뒤처지는 것 같은 느낌이 들었다고 한다.

그래서 빨리 그런 기분에서 벗어나고자 최선을 다했는데 그것이 효과가 없어지니 그때 가서는 그때까지 자신이 투자한 것이 있어서 쉽게 내려놓지 못하였다고 한다.

좀 더 편해지고 싶지만 이런 노력을 해도 안 되었는데 손 놓아버리면 더 가망이 없는 거 아닌가 하는 공포에 빠져있었던 것이 분명해 보였다.

누구나 그런 생각을 하는 일들이 있을 것이다. 얼마만큼 노력했는데도 안 되는데 가지고 싶거나 닿고 싶은 목표는 여전히 놓을 수 없다면 노력이 자신을 힘들게 하더라도 유지하는 경우를 말이다.

연애는 무리해서 하는 것이 아니다. 그것을 기억하며 시작을 준비해 보았으면 한다.

켜켜히 쌓인 마음의 짐이 나를 눌러와
그래서일까
목마를 수록 갈구하는 나를,
흐르는 물길에 비춰보면 흐려지나
잠잠한 물속에 바라보면 뚜렷하니
그 물 한 모금으로 달래면 나아지리

#연애를_무리해서_하려고_한다면

19

아닌 것을
알면서도
사귀고 싶다면

그녀는 아닌 것을 알면서도 어쩌다 보니 그 사람에 관한 생각을 멈출 수 없게 되었다고 한다. 그녀에게 있어서 그는 처음 보는 유형이어서 매우 신선하고 자극적이었다고 한다.

그리고 뭔가 자신을 확 휘어잡는 듯한 느낌과 함께 있으면 너무나도 설레는 감정이 특히나 좋았다고 한다. 하지만 그런 그와 사귀는 것을 주저하고 나아가서 사귀는 건 아니라고 생각하게 된 이유가 있는데 그것은 그 사람의 인간관계나 태도가 마음에 걸렸다는 것이다.

실제로 사람을 만나보지도 않고 판단하는 것은 섣부른 행동이지만 그의 표현에 따른 그의 주변인들은 그다지 올바르게 사는 사람으로 보이진 않는다고 했다.

그리고 그 주변 사람들의 일화를 들어보면 그 사람들이 문제가 있는 것 같은데 지금 그 남자는 그 사람들의 편을 들면서 오히려 피해를 당한 것으로 보이는 쪽이 잘못했다는 식의 주장을 당연하게 하는 일이 잦아서 놀랐다고 한다.

또한 그의 태도가 분명 어떤 부분은 리더십이 있고 자신감 있어 보이며 자신을 설레게 했다고 하지만 어떤 경우에는 다소 고압적으로 느껴져서 위험하다고 느낀 부분도 있다고 말을 했다.

그녀는 그래서 그 사람이 나쁜 사람인 건지 사귀어도 될만한 사람인 것인지 알고 싶어서 상담을 신청한 것이었다. 그 질문에 답하기 전 위험을 감지했지만 놓지 못하는 이유에 대해서 먼저 물어보았다.

그녀가 답하기를 그간의 소개팅이나 주변의 자연스럽게 만날 수 있는 이성들과는 괜찮을 것 같다 정도의 감정이었는데 이번에는 큰 감정을 느껴서 그 감정을 느낄만한 사람이 또 없을 것 같아서 놓치면 안 될 것 같다는 느낌을 받았다고 한다.

또한 설렘을 느낀 지 오래되어서 그 사람이 주는 설렘이 너무 좋았다고도 말했다. 그런 이유에서 그 사람의 불안한 행동이 치명적인 문제가 있거나 나쁜 사람이 아니라면 만나봐도 괜찮을 것 같아서 아직 제대로 된 시작을 한 건 아니지만 놓지도 않고 있었다고 한다.

이미 그녀의 마음속에는 사귀고 싶다는 마음이 가득해 보였다. 단지 자신이 느끼는 강한 불안감을 다른 사람이 말해주는 그래도 괜찮다는 말로 덮고 합리화 시킨 다음 뛰어들고 싶어 보이는 마음이 커 보였다.

분명한 것은 그것을 어떤 논리로 합리화시켜서 일반적인 것처럼 경험하려고 하면 분명 큰 피해를 입는다는 것이다. 누구나 안전하길 원하지만 사실 미지의 영역과 느껴지는 감정이 클수록 안전하지 않을 가능성도 크다는 것을 각오해야 한다.

그래서 그녀에게 말했다. 그의 주변인들을 만나보지 않았고 그 일화에서도 생략된 부분들이 있다면 생각하는 것보다 다른 이면도 존재할 수 있다고 말이다. 또한 그의 위협적인 태도가 분명 어떤 시점에서는 나에게 향할 수도 있지만 그걸 지금의 몇 마디로 합리화해서 그러지 않을 거라 기대하는 것이 더 위험하다고도 덧붙였다.

설레는 감정이나 그 외의 자극적인 감정을 잊지 못해 만나려 한다면 그 사람이 어떤 사람인지보다 내가 견딜 수 있는 정도를 먼저 확실하게 정하라고 했다.

호기심에 이끌려 무턱대고 사귀고는 어느 시점에서는 후회하고 힘들어하면서도 계속 연애를 이어가는 경우를 볼 수 있는데 그것은 바로 지금 느껴지는 감정 외에 그만둘 정도를 확실하게 마음먹지 않아서 생기는 일이다.

아닌 걸 알면서도 사귀고 싶다면 그만큼의 각오가 필요하다. 단순히 지금의 마음이 편해지자고 합리화할 거리를 찾는 것은 더 힘들어지는 원인이 될 뿐이다.

(꾸벅꾸벅 졸리웁던 나날)
빛에 실리우는 바람 불어와
온 몸을 감싸니 쾌청하기도해
그건 잠시간의 착각이었던걸까
그땐 비몽사몽의 순간이었을까
그저 날카롭기만했던 칼바람에
역설적이게도 점점 무뎌지며 베어져가

#아닌_것을_알면서도_사귀고_싶다면

그 사람보다 더 좋은 사람을 만날 수 있을까?   87

20

연애를
하지 않아도
괜찮은 이유

그는 사십 대 중반의 남성이었다. 여태 누군가를 한 번도 안 사귀어본 건 아니지만 어린 시절 짧게 몇 번 사귀어본 이후로는 그다지 인연이 없었고 인연을 만들려 해도 잘 안되어서 그냥 연애는 포기하면서 살아왔다고 한다.

하지만 주변에서 계속해서 나이가 더 들기 전에 짝이 있어야 한다는 이야기를 들어서 그는 정말 그것이 맞는 것인지 알고 싶어 상담을 신청해온 것이다.

예전에 비해서 혼인 연령이 높아지고 있는 것은 잘 알 것이다. 그래서인지 삼십 대 중후반 나아가서는 사십 대 초중반에서 연애가 처음이다 혹은 연애를 잘하려면 어떻게 해야 하는지 고민을 가진 사람들이 늘고 있다.

때문에 그의 나이에서 연애 고민을 하는 것은 전혀 이상한 건 아니지만 문제는 그의 경우에는 잘하느냐 못하느냐가 아닌 '내가 괜찮은데 이제 와서 노력해서 연애를 하고 결혼을 해야 하는가'에 대한 문제라는 점이 차이라면 차이 일 것이다.

상담을 해보니 그는 정말 짝이 없어도 괜찮아 보였다. 그리고 더 나아가서 연애를 좀 더 늦게 시작해도 그는 어려울 것도 문제가 될 것도 없어 보였다. 물론 결혼하고 자녀를 가지는 문제까지 연결된다면 그건 이야기가 다를 수는 있을 것이다.

따라서 그에게는 주변의 말에 불안하거나 신경 쓰일 수는 있는데 준비 안 된 억지로 해야 할 것 같아서 하는 연애보다는 조금 더 늦더라도 내가 연애가 필요하다고 생각 하고 준비가 된 상태에서 내게 맞는 사람을 찾아서 연애하는 것이 더 올바를 것이라 고 조언했다.

연애뿐 아니라 많은 부분에 있어서 사람들은 일종의 정해진 답과 같은 형태를 추구 하며 살아가는 경향이 있다. 그래서 성장기 동안 추구하는 바가 비슷하며 성인이 된 직후에도 대부분 비슷한 목표를 향해서 달려간다.

개인이 추구하고자 하는 삶에 대한 깊은 생각이나 다양한 경험이 사라지고 그냥 사 회적으로 좋다고 하는 것을 해야만 할 것 같이 느끼고 이루지 못하면 그것이 실패한 것처럼 느끼게 되는 분위기가 있다.

또한 그것을 어느 정도 이뤄낸 사람은 그렇지 않은 사람들에게 빨리 이뤄내길 다양 한 시점에서 종용하는 경우가 생겨난다. 그건 결코 개인의 의사와는 상관없이 이뤄 지는 경우가 많다.

물론 이것도 이것 나름의 장점이 있을 것이다. 어떤 사람은 삶의 목표를 자율적으로 정하는 게 쉽지 않아서 적어도 남들만큼 어느 정도 하면 마음이 안정될 것 같아서 그런 기준을 선호하는 사람들도 있을 것이다.

하지만 지금의 그와 같이 나름의 삶의 방향성이 있고 그것에 책임감 있게 살아간다면 그것을 다수의 입장에서 '이게 정답이야'라고만 무턱대고 말하며 방향을 억지로 몰고 가기에는 무리가 있다는 것이다.

때문에 우리도 한번 돌아보면서 스스로 생각하는 힘과 시간을 가질 필요가 있다. 연애도 결혼도 내가 시작할 준비가 되었고 시작할 마음이 있을 때 하는 것이 맞는지 아니면 남들이 하니까 뒤처지는 것 같아서 혹은 이 시기에 해야 하는 것이 정답인 것 같아서 의문점이 있지만 애쓰고 있는지 잘 생각해 볼 필요가 있다.

그만한 노력을 해서 닿고자 하는 것에 무엇이 기다리고 있는지를 말이다.

잇고 잇는 이 연결점이
나로 하여금 이루어지는 것인지
긋고 긋는 그 단절선이
너를 향해서 비추어지는 것인지
흔들리고 흔들리며 키워내는
내 안의 작물이 오롯하기를

#연애를_하지_않아도_괜찮은_이유

21

당신이
그런 연애를
시작했으면 좋겠다

연애하고 싶은데 시작조차 쉽지 않은 것이 요즘의 현실일 것이다. 누구에게든 사랑받고 싶고 누구든 마음을 나누어 사랑해 주고 싶은 마음은 조금씩은 다들 있을 것이다.

하지만 이런저런 기준과 현실의 빠듯함 또 이런저런 자신감과 기회 부족으로 연애는 점점 남의 이야기와 같게 느껴질 것이다.

그럼에도 불구하고 연애의 시작을 위한 시작점에 서있는 당신이라면 이미 서있는 그 자체만으로도 칭찬하고 싶다.

출발을 언제 할지 몰라도 혹은 출발하더라도 잘 될지 모르더라도 사랑에 대한 희망을 포기하지 않는 당신이라면 지금 당신의 발목을 붙잡는 여러 가지 문제들은 시간이 지남에 따라서 분명 잘 해결될 것이다.

아마 지금의 당신은 잘 못 느낄 것이다. 이 말을 그저 흔히 볼 수 있는 입바른 모호한 좋은 말을 위한 좋은 말의 하나라고만 볼 수도 있을 것이다.

하지만 나는 수많은 연애의 아픔과 고민의 조각을 따라온 사람으로서 당신에게 말할 수 있다. 그 어느 아픔에도 그 어느 고민에도 결국 끝은 있었다는 것을 말이다.

때문에 지금의 암울한 이런저런 모습들도 내게는 닿지 않을 것 같은 사랑의 달콤한 순간들을 부러워하는 것도 다 지나간 일이 될 것이라는 것이다.

나는 안다. 당신이 얼마나 행복해질지 그리고 오래 시작 지점에 서있었던 만큼 얼마나 열심히 달려 당신을 사랑해 줄 사람의 품에 안길지 알고 있다.

그렇기 때문에 시작 지점에 서있는 당신이 아직 출발하지 못했다는 사실 보다 서있는 동안 충분히 생각해 봤으면 좋겠다. 얼마나 예쁜 사랑을 하고 싶은지 그리고 그 예쁜 사랑을 어떻게 더 가꿔나가고 싶은지 말이다.

지금의 쓸쓸함이 언제 있었냐는 듯
실패의 괴로움이 나의 일이었냐는 듯
남의 일처럼만 보이던 행복이 당연하다는 듯
두려울 것 없이 확신에 가득 찬 마음으로

당신과 그 사람을 위한 그런 연애를 시작했으면 좋겠다.

지나온 시간들이
헛되지 않았음을
우리는 알고 있음이다
앞으로 향해가는
목적지 없어보이는 항해도
종점은 키가 너에게로
맞춰져 있으니까

#당신이_그런_연애를_시작했으면_좋겠다

연애 중

In Love

그럼에도 함께하는 이 순간을 연애라고 부르기로 했다

01

연인이
처음 모습과
다를 때 기억할 것

그녀는 사랑에 대한 그리고 사람에 대한 기준치가 높았다. 혼자였던 시절부터 주변에 눈이 높다는 이야기를 많이 들었으며 결국에 그녀가 만난 사람을 주변에서는 정말 여태 눈 높았던 만큼 딱 맞는 사람을 만났다고 표현했다고 말하였다.

그렇게 눈이 높았던 만큼 그녀는 자기 자신에게도 꽤 엄격했던 것으로 보였다. 이유는 기본적인 자기 관리는 물론이며 직업적인 성취나 일상에서의 행동에서도 그런 자신만의 규칙과 기준에 맞춰서 생활하는 것을 우선으로 삼고 행동했던 것으로 보였기 때문이다.

이런 경우에는 보통 그 사람의 성장 배경이나 가정환경의 영향이 있을 것으로 생각하기 쉽다. 하지만 그녀는 그렇지 않았다. 이야기를 듣는 내내 가족들과도 그러한 성격 차이 때문에 고생했다는 이야기를 토대로 생각해보면 그녀는 가족보다 다른 무언가에 영향을 많이 받았다는 생각이 들었다.

그런 그녀에게 고민이 생긴 것은 '눈높이에 맞는 사람'이 더 이상 자신의 눈높이에 맞지 않는다고 느끼면서부터였다. 자신과 삶의 방향이나 생각이 같다고 느꼈던 연인은 어느 순간부터 느슨하게 삶을 사는 것으로 보였고 나아가서는 자신이 추구하는 삶의 방향과는 완전히 다른 방향의 삶을 추구하는 것처럼 보이기도 했다고 말했다.

분명한 것은 그녀는 연인이 그렇게 변했기에 헤어지는 것을 고민하는 것은 아니라는 것이었다. 그녀의 고민은 어떻게 하면 다시 그 사람을 처음 자기가 반했던 모습 그대로 돌려놓을 수 있을지에 대한 고민이었다.

그녀에게 그렇다면 그에게 이러한 상황에 관해서 이야기를 해본 적이 있는지 물어보았다. 이미 시도해보았으나 상대는 변한 것이 없다고 말했으며 그녀가 말하는 이상적인 모습이나 삶이라는 것이 이해가 안 된다고 말했다고 한다.

자신의 이상형이라고 생각했던 사람이 사귀어보면 전혀 다른 느낌 혹은 실망스러운 느낌을 준 경험은 연애 경험이 어느 정도 있는 사람이라면 한 번쯤은 경험해보았을 것이다. 다만 그렇다고 해서 그 사람과의 관계를 거짓되었다고 생각하지는 않을 것이다. 하지만 그녀는 그러하였다.

그녀로서는 그의 그런 이야기가 그럼 처음에 나누었던 이야기들은 다 무엇이 되는 것이며 자신에게 보였던 행동은 다 꾸며진 것이었는지 고민하며 혼란에 빠졌다고 한다. 이어서 백 보 양보해서 꾸며진 것이라고 해도 어쩌면 평생을 함께하게 되는 관계로 발전할지 모르는 연인이 부탁한다면 그 꾸며진 모습을 조금만 신경 써서 자기 삶에 적용하면 나쁜 것을 부탁한 것도 아니니 좋지 않으냐는 질문을 해왔다.

여러분은 이런 문제에 있어서 어떻게 답하겠는가? 아마 많은 사람이 그녀가 지나치게 자신의 방식에 대해서 얽매인다고 생각을 할 것이다. 그렇기에 그녀가 오히려 그를 이해하고 바뀌어야 한다고 말할지도 모른다.

"조금만 노력하면"이라는 말로 상대가 바뀌길 바라는 마음에 연애 중 갈등이 일어나는 경우가 많을 것이다. 하지만 사람은 조금만 노력해서 바뀌지 않는다는 것을 알아야 한다.

그래서 그녀에게 우선은 그를 착각했다는 여부를 떠나서 그녀 자신의 가치관이나 기준이 그에게는 힘든 것이며 지금이 그의 최선이거나 한계일 수도 있다고 이야기했다. 덧붙여서 그것은 아무리 사랑해도 그 한계는 넘을 수 없을 가능성이 크다고도 덧붙였다.

그녀는 결론적으로 그가 자신이 생각했던 모습으로 변하는 것은 힘들다는 부분에 실망하였지만, 그와 헤어지기에는 더 좋은 사람을 만날 수는 없을 것 같기에 어쩔 수 없이 포기할 수밖에 없는 부분을 받아들이는 연습을 하기로 하며 상담은 마무리되었다.

연애를 하다 보면 좋은 점만 발견하게 되지 않는다는 것은 당연한 사실이다. 하지만 좋지 않은 점을 발견하였을 때 그것이 정말 좋지 않은 것인지는 각자 처지에 따라서 다를 수 있다.

그렇기에 연애를 잘하기 위해서는 '어쩔 수 없는 이야기'를 받아들이는 연습이 필요할지도 모른다.

봄날이 있으면 겨울도 있듯
어떤 일에는 이면이 존재하잖아
추위를 부정하려 하지말고
우리 그냥 스웨터를 입고서
서로를 꼭 껴안아 주자

#연인이_처음_모습과_다를_때_기억할_것

02

절망 속에서도 연애가 가능할까?

그녀는 꽤 오랜 시간 동안 우울증으로 약물치료를 받았다. 우울증의 원인은 취업 실패로 인한 장기간의 취업 준비 기간으로 인한 스트레스와 남자친구 외에는 인간관계가 단절된 것이 원인이었다.

그녀의 남자친구는 그녀에게 꽤 헌신적인 것으로 보였다. 우울증이 스스로가 느껴도 심하다고 느끼고 비관적인 생각도 많아져서 공격성을 보일 때도 그녀의 남자친구는 화를 내지 않고 자신을 위로하고 함께 이겨내기 위해서 늘 자신의 버팀목이 되어 주었다고 한다.

그의 그런 노력에도 그녀는 둘의 현실이 극적으로 나아지는 부분이 없으니 현상 유지는 가능할지 몰라도 미래를 내다봤을 때 긍정적으로 보이지 않기에 자신 때문에 계속 힘들어할 남자친구에게 미안해서 연애를 이어가는 것이 맞는지 의문이 들기 시작했다는 것이다.

자신이 초라하게 느껴질 때 혹은 삶이 너무나도 힘들어서 희망보다는 절망밖에 보이지 않을 때 우리는 많은 것을 밀어내거나 포기하는 선택을 하게 된다. 그저 일시적인 힘든 상황이라면 시간이 지나면 해결될지 모르겠지만 일시적인 것이 아니라 영구적이거나 장기간이 걸린다고 생각한다면 더 그런 경향을 띄게 된다.

취업을 준비하거나 학업을 진행하면서 이러한 문제를 마주하는 커플들을 해마다 보게 되는데 매해 이러한 사연은 더 흔해진다는 느낌을 받고는 한다.

이러한 경우는 자기 삶을 더 낫게 하기 위한 확고한 목표가 포함된 경우에 더 해결 불가능한 문제로 발전하곤 한다. 조금 더 준비해서 좋은 기업 혹은 좋은 대학에 가겠다고 생각하거나 더 그 이상의 성취를 얻고자 할 경우일 때 그것이 좌절될수록 더 상황은 절망과 마주하게 된다.

그녀의 경우에는 어떤 확고한 목표를 이루지 못해서 지금에 이른 것이 아니라 그저 취업시장에서 그녀가 경쟁력이 없었고 그것이 반복되다 보니 자신감과 자존감이 하락한 것이 이 일의 원인이라고 봐도 무방했다.

그래서 그녀에게 우선은 일상에서 작은 성취감을 얻을 수 있는 것에서부터 회복을 시작하길 권장하였다. 지금의 고민이 자신과 연인의 상황이 나아지지 않을 거라는 생각에서 시작된 것이라면 조금씩이라도 어제보다 가치가 있었다고 느낀다면 그것을 시작으로 고민이 사라지는 계기가 될 것이기 때문이다.

막연한 목표로 어디든 취업해야겠다고 생각하기보다 가장 쉽게 취업할 수 있는 곳을 우선으로 생각하고 그곳에 들어가는 것을 목표로 준비해야 할 것을 준비하기를 권했다. 분명 그녀로서는 자신이 들어가고 싶은 곳보다 눈을 낮춰야 할지도 모른다.

그리고 일이 안정적이지 않을지도 모른다.

하지만 그녀에게는 당장 오늘을 무언가 하면서 살아간다는 느낌이 필요한 것이고 그것을 우선 이룬다면 그다음 성취는 그때 가서 생각해도 늦지 않다는 것이다.

절망 속에서도 연애가 가능하냐고 묻는다면 가능하다고 이야기할 것이다. 하지만 그러기 위해서는 절망을 잘 마주할 준비도 되어있어야 한다. 절망에 잠식되어서 자신과 세상에 비관적이기보다 우선은 그 절망에 맞서기 위해서 자신감을 부여할만한 행동들을 해야 한다.

끼니를 대충 챙기지 않으며 옷 상태에 신경을 쓰고 주변인과도 너무 거리를 두지 말아야 할 것이다. 그리고 우선은 자기가 할 수 있는 작은 일부터 성취가 적더라도 성취하는 경험을 누적시켜가면서 자신감을 찾아가야 한다. 그것을 할 수 있다면 아무리 짙은 어둠이 깔린 절망이라도 어느 시점에서는 작은 빛이라도 보일 것이다.

그녀는 조언에 따라서 하나둘 해보기 시작했다. 결국 우울증은 완전히 벗어나지 못했지만, 자신이 생각지도 못했던 일을 할 기회를 얻게 되어 어느 정도 활력이 생기자 그녀의 변화에 남자친구와의 관계도 더 이상 비관적으로 생각하지 않게 되었다고 한다. 그녀는 결국 절망 속에서 작은 빛을 찾아낸 것이다.

그런 그녀가 그 빛을 잘 따라가서 행복해지길 바랄 따름이다.

끝이 없는 터널은 없고
닿지 않는 지하도 없어
결국은 숨을 틔게 하는
바깥을 마주하게 되니
하루에 한걸음씩 걸어
빛이란걸 맞이해 보자

#절망_속에서도_연애가_가능할까?

03

우연히도 나와 상대가 서로의 첫 연애 대상이라면 어떨 것 같은가? 그와 그녀는 서로에게 그런 상대였다. 그리고 그렇기에 서로에게 지나치게 조심스러웠고 또 지나치게 감정이입을 하였다.

상담을 신청해온 그는 그런 측면에서 그러다 갈등이 심해져서 사이가 틀어지거나 그녀가 실망할까 봐 일어나지도 않은 일을 미리부터 걱정하고 있었다.

연애 중 생각이 많아서 힘든 타입이 있다. 이렇게 연애 경험이 없거나 적었을 때 생각이 많은 조합은 특히 더 힘들다고 볼 수 있다. 안 해도 될 생각을 미리 한다거나 부정적인 생각에만 빠져있거나 사실이 아닌 것을 과몰입하다 보니 사실처럼 받아들이고 생각한다거나 하는 경우가 대표적인 예다.

이럴 때 가장 필요한 것은 우선 생각하는 것보다 생각하게 되는 이유에 더 집중해야 한다. 그가 연애가 처음이라 걱정되는 만큼 그녀도 그러할 것인데 결국에는 연애를 잘하고 싶은 마음이 생각하게 되는 이유라면 미래의 걱정스러운 상황보다 지금의 상황을 더 잘 통제하는 능력이 필요할 것이다.

그것은 미래의 알 수 없는 갈등 상황을 조율하는 대화법이나 태도를 공부하기보다 지금의 연인의 걱정을 함께 나눌 수 있고 그런 걱정이 생기지 않도록 하루라도 더 즐거울 수 있는 함께 즐길 수 있는 콘텐츠를 찾고 공부하는 것이 우선이라는 말이다. 걱정에도 순서가 있다는 것을 연애를 처음 하는 사람들은 잊거나 모르는 경우가 있다. 평소에는 지금 할 걱정과 아닌 걱정을 어느 정도 인지하고 여유를 두거나 지금 하게 되는 걱정을 덜기 위해서 생각하고 행동하지만 유독 연애를 할 때만큼은 모든 것을 걱정하고 모든 것을 잘하려고 행동한다.

그것은 이미 서로를 좋아한다는 마음이 닿아서 서로를 바라보게 만든 사람들끼리 모여서 할 수 있는 가장 최악의 행동일지도 모른다. 결국 그 최악의 행동을 반복하다가 연애에 지쳐서 혹은 서로에게 지쳐서 헤어지는 결과를 맞이하곤 한다.

그렇게 대부분의 첫 연애는 혼자만 하는 연애가 되고 그렇게 실패한 연애에서 얻어진 경험을 바탕으로 다음 연애를 할 때는 조금이라도 더 보완된 태도로 연애를 하면서 발전을 하는데 그렇기에 많은 사람들이 연애 경험이 있는 사람을 선호하는 것이 아닐까 싶다.

적어도 모르는 부분을 내가 일방적으로 리드하기만 해야 한다거나 혹은 어느 정도 연애를 아는 만큼 과몰입하거나 불안을 느낄 부분이 줄어들 테니 말이다.

때문에 그에게는 우선 전체적으로 되도록 완벽한 남자친구가 되려고 하기보다 썸 탔던 그때처럼 우선 재미있는 남자친구가 되기를 권장했다. 조금은 허술해 보여도 멋지지 않아도 괜찮다는 말을 덧붙이면서 말이다.

서로가 처음이기에 서로에게 분명 좋은 인상을 더 심어주고 싶은 마음은 이해한다. 하지만 이미 좋은 인상을 심어준 부분을 잊지 말아야 한다. 연애는 그냥 시작하게 된 것이 아니다 분명 지금까지의 모습으로도 충분하니까 시작하게 된 것이다.

따라서 서로가 처음이라면 서로 그만큼 무리했던 부분이 있을 것이라는 것을 고려하며 딱 지금만큼을 유지하기 위해서 노력하는 것이 우선이 되어야 한다. 더 노력해서 더 좋은 모습을 보이는 것이 아니라 말이다.

아무리 연애 경험이 있는 사람들도 잘 안되는 것이 처음 호감을 얻기 위해서 보인 모습이 지속해서 유지되지 않는다는 것이다. 처음 보였던 모습이 자신의 이례적인 모습이기에 결국 원래 모습을 보이기 때문이다.

그는 그 이야기에 자신이 얼마나 불필요한 과몰입을 했는지를 깨달았다고 말했다. 그리고는 이어서 나중의 걱정보다 지금의 좋은 시간을 이어가는 것에 더 중점을 두기 위해서 생각하겠다고 다짐했다.

그런 모습을 바라보며 그와 그녀도 혹은 수많은 서로가 처음인 커플도 너무 많은 걱정 말고 지금처럼 예쁜 사랑을 이어가길 바라보았다.

혜성을 쫓아 밤을 해맨 그대
별을 내려 주지 않아도 괜찮아
은하수를 가득 품은
그대 품이 우주인걸

#둘_다_연애가_처음이라면

04

연락이
성의 없다고
느껴질 때

그는 연락 때문에 여자친구와 자주 다퉜다고 한다. 연애 중 연락 문제라고 하면 보통
은 연락이 많고 적음이 보통일 것이다. 그의 연애도 그러한 범주에 포함되어있었다.

이럴 때 대부분 연락 횟수라는 부분에 있어서 이전과 비교하고 의식하다 보면 발생
할 수 있는 부분이다. 분명 이전에는 연락을 많이 하고 다정다감했는데 지금은 연락
을 이전보다 덜하고 뭔가 건성으로 연락한다는 느낌이 느껴진다는 것이다.

그가 궁금했던 부분은 분명 자신도 처음과는 달리 연락이 줄었다는 것은 인정하지
만 그것은 어디까지나 자신의 일상에도 변화가 생겼기 때문에 피치 못하게 그리된
것이지 여자친구를 의도적으로 소홀히 한 것은 아닌데 왜 여자친구는 이해하지 못
하는 것인지 의문을 가졌다.

그래서 그가 평소에 여자친구와 연락할 때의 내용들을 건네받아서 확인해보았다.
분명 그가 먼저 연락하고 어느 정도로는 충실하다는 느낌을 줄 정도로 연락했음을
알 수 있었다. 다만 그의 여자친구가 왜 이해 못 하고 그에게 서운하게 느끼거나 연
락 문제를 언급하는지 또한 그 부분을 통해서 알 수 있었다.

그들의 문제는 연락의 빈도 보다는 그 연락의 질에 좀 더 집중해야 할 문제처럼 보여졌다. 그의 연락 시간은 출근하기 전과 점심시간 그리고 퇴근 이후 시간 등으로 크게 나뉘었다. 하지만 분명한 것은 하루 중에서 틈틈이 연락은 못하더라도 그 연락하는 시간에는 소통한다는 느낌이 있어야 하는데 그의 연락은 퇴근 후 휴식하면서 하는 전화 통화나 잠들기 전 나누는 대화 외에는 그저 '보고'와 같은 형식에 가깝게 보였다.

"오늘은 무엇을 할 것이다." "무엇을 먹었다." "지금 퇴근했다." 등 그냥 자신의 일상을 공유하는 것이 대화의 주된 내용이었다는 것이다. 물론 그것조차 하지 않아서 다투는 커플도 많기에 그렇게 시간을 내서 연락한다는 것 또한 어느 정도 성의가 있다고 생각할 수는 있다.

하지만 생각해보면 연인과의 대화가 그렇게만 흘러간다면 연인과 소통한다는 느낌보다는 그냥 해야 할 것 같으니까 하는 의무적인 대화의 하나 정도로만 느껴질 가능성이 있다는 것은 누구나 알 것이고 한 번쯤은 경험도 해보았을 것이다.

이 부분에 대해서 언급했을 때 그는 그래도 안 하는 것보다는 나은데 도대체 어떻게 대화해야 성의 있다고 느끼는 것이냐고 질문을 이어갔다. 그 질문에 '그녀와 사귀기 전에는 어떤 대화 주제를 꺼냈는가'를 생각해보라고 했다.

대부분이 관계의 시작에서는 모르는 정보를 바탕으로 대화 주제를 이끌어 가려 할 것이다. 좋아하는 것이 무엇인지 공통의 관심사는 무엇인지 혹은 이상형은 무엇인지 등 일단 모르는 것을 묻거나 확인해서 공통점을 이끌어가는 형태로 대화하는 것이 대표적인 예다.

그 시기를 지나고 나서 어느 정도 사귀게 되면 그런 것보다는 보통 일상에 관한 이야기들 혹은 함께하기로 한 것에 대한 이야기들이 주류를 이루게 된다. 이때 이런 연락에 대한 문제가 일어난다.

할 말이 딱히 없기에 용건만 간단히 되어 횟수가 줄어들거나 다소 의무적인 연락 형태를 취하는 경우가 많다. 이때가 대화 주제를 찾기 위한 노력이 처음보다 더 많아야 한다는 것을 대부분은 모른다.

또한 그 노력은 이제 상대가 아닌 상대가 말했던 것을 바탕으로 탐색해야 한다는 것이다. 예를 들어 점심시간에 "맛있게 먹어." 혹은 "너는 오늘 무엇을 먹었어?"라는 대화보다 오늘 먹을 메뉴에 관한 이야기로 좀 더 시간을 할애하고 그것과 연관 지어 다음 데이트 때 먹을 음식과 맛집에 관한 이야기로 발전시켜 주고받고 그것에 대한 기대감을 이야기했다면 더 좋았을 것이다.

이런 식으로 상대와의 관계에 여전히 호기심과 기대를 하고 있다는 대화들을 찾아내야 한다. 분명 쉽지는 않을 것이다. 하지만 조금씩이라도 노력해서 '우리'와 연관 짓는 대화를 하다 보면 연락의 횟수도 질도 더 이상 문제가 되지 않을 것이다.

결국 연락에 포함된 성의라는 것은 그런 것이다. 생각해 보면 당연하고 어렵지 않지만 익숙함에 우리는 더 서로를 탐구하는 것을 멈춰버리는 것은 아닐까 생각해 본다.

Dear. 나의 작은 새싹
오늘도 너를 위해 햇볕에 몸을 뉘이게 해
목이 마르진 않을까 졸졸졸 물을 쏟아
어느덧 커버린 너에게 보금자릴 갈아주기도 해야지
언제나 이렇게 따뜻한 눈으로 바라볼 수 있도록 할게

#연락이_성의_없다고_느껴질_때

05

연애 중
배려라는
것은

그녀는 남자친구에게 잘해주려 했다가 다툼이 일어났다고 했다. 많지는 않지만 우리는 종종 다양한 관계에서 잘해주려 했는데 도리어 감정이 상하는 일을 경험하곤 한다. 그녀도 자신의 의욕만큼 잘해주려다가 문제가 생긴 것이다.

배려라는 것은 받지 못했을 때 가장 부각되어 보이는 개념이라는 생각하고는 한다. 정작 배려를 받을 때는 별로 느끼지 못하거나 느끼더라도 상대의 배려가 나에게 얼마만큼의 영향을 주는가에 따라서 달라지는데 배려 받지 못할 때는 그 크기와 상관없이 배려라는 개념이 부각되어 보이는 경향이 있는 것 같다는 생각이 든다.

물론 이것은 정확한 사실이라기보다는 개인의 생각일 뿐이다. 이러한 생각을 하게 된 것은 연애 상담을 하다 보면 그 배려가 없을 때는 삼자가 봤을 때 사소하다고 보이는 일에서도 서운함이 크게 느껴져 다툰 이야기를 심심찮게 접하기 때문이다.

또한 지금 그녀의 사연처럼 잘해주려다가 다툼이 일어난 것처럼 배려를 막상 삼자가 봤을 때 감탄할 정도로 해줘도 받아들이는 당사자는 고마움을 모르는 것처럼 행동하는 것을 보다 보면 그 생각이 더욱더 확고해지는 느낌을 받는다.

그렇다면 왜 받는 사람은 배려라는 좋은 개념에서 접근한 행동을 받았음에도 좋지 않게 느끼는 경우도 있는 것일까를 생각해 보아야 할 것이다. 보통은 배려를 하는 사람의 수고스러움을 생각해서 받는 사람은 그저 받는 입장이기에 배려를 해주는 사람의 배려가 달갑지 않더라도 좋게 받아들이는 것을 기본 예의로 생각할 것이다.

하지만 그 배려를 받았을 때 어떠한 책임감 있는 행동이 반드시 뒤따르게 된다면 그건 마냥 좋게 받아들이는 정도로 마무리 짓기에는 불편한 부분이 발생한다는 것을 생각해야 한다.

예를 들어서 내가 원치도 않았는데 내 마음에도 들지 않는 옷을 선물 받았다고 가정해보자 그리고 그 선물을 받는 과정에서 상대가 내가 그것을 착용했을 때의 모습을 생각하며 구매했고 그 모습을 기대한다는 것을 알았다고 가정해보자 그렇다면 선물 받은 시점에서 이미 한번은 입어야 한다는 책임감이 발생하게 된다. 그 결과 마음에 들지 않는 옷을 입고 마음에 드는 척을 한 번쯤은 해야 상대에 대한 배려에 보답하게 되는 것이다.

물론 이것은 어디까지나 예시이기에 "뭐 그거 한번 한다고 죽는 것도 아니고 그렇게 어려운 것도 아닌데 무슨 책임감을 운운하느냐."라고 말하고 크게 와닿지 않을 수도 있다. 하지만 이것이 상호 간의 관계나 그 관계의 특수성 등 다양한 변수가 적용하게 되면 차라리 배려를 안 받는 게 더 낫거나 상대적으로 덜 불편한 결론에 이르게 되는 경우가 있다.

때문에 연인 사이에서도 연인을 기쁘게 해주려고 시도한 그녀의 마음은 예쁠지라도 그녀가 행한 배려가 적절하지 못했을 수도 있다는 생각을 해야 한다. 무조건 내 입장에서 좋은 의도였다고 연인에게도 좋게만 전달되진 않을 수도 있으니 말이다.

다만 그렇다고 해서 상대가 나의 고마움을 모른다는 것은 아니다. 오히려 고마움을 알기 때문에 그 마음을 보답하는 것에 대한 부담으로 그렇게 되는 것임을 알아야 한다.

그래서 그녀에게 그가 그녀의 배려에 대해서 좋지 않은 반응을 보이고 다투게 된 것은 그녀를 덜 사랑해서도 혹은 배려하려는 그 행동을 너무 하찮게 생각하거나 고맙지 않아서라는 부분을 충분히 설명해주었다.

그 설명을 듣고는 그녀는 조금 마음이 풀린듯했지만, 앞으로는 그럼 어떻게 해야 할지 몰라 혼란스러워하는 모습을 보였다. 그래서 그녀에게 배려에 너무 많은 의미를 부여하거나 너무 의욕적으로 서로의 관계를 잘해보려고 애쓰지 말라고 덧붙였다.

배려가 문제의 원인이 되는 것은 이미 잘하고 있는 사람들이 그저 불안하기에 혹은 더 잘하고자 하는 의욕 때문에 생기는 경우가 많기 때문이다. 그러니 애쓰지 말고 편안하게 지금처럼 두 사람의 관계를 예쁘게 이어 나가길 권했다.

더 배려하지 않아도 둘의 사이는 충분히 예쁘니 말이다.

별이 쏟아지던 밤, 잠도 쏟아지던 날
내 얼굴을 네 어깨에 파묻게 하던 온도
고운 손으로 머리를 쓸어주며 쉼을 준 너
이 마음을 보물상자에 넣어두고 늘 꺼내볼게
깊은 밤 달빛같이 귀한 그대가 구름에 가려지면
마음이 쏟아져서 눈물도 쏟을테니

#연애_중_배려라는_것은

06

회피하는
남자친구와
잘 지내려면

그녀는 회피형인 남자친구와 사귀고 있다고 말했다. 그녀는 그가 처음부터 그런 사람인 것을 어느 정도는 알고 사귀었다고 했다. 하지만 생각보다 더 회피형인 남자친구를 보면서 막연하게 그럴 수도 있다고 생각해서는 잘 안될 것 같아서 상담을 신청한 것이다.

기본적으로 회피형 남자친구를 두고 마냥 고치려한다거나 답답해하는 것이 아니라 아는것보다 더 심해서 자신에게서 더 보완하려는 경우는 드문 경우라서 대단하고 한편으로는 흥미롭게도 보였다.

그녀의 남자친구는 기본적으로 조금만 불편해도 그것을 견디지 못하는 경향이 있었다. 견디지 못해서 불평불만을 한다기보다는 조금만 무거워지거나 불편해져도 어떻게든 그것을 피하고자 행동한다는 것이다.

그녀는 그 사람과 사귀기 전 그런 태도를 이미 몇 번을 봤기 때문에 그가 사랑하면 바뀔 사람이라고 생각하진 않았다고 한다. 그래서 사귀기 시작할 때 그에게 회피해도 괜찮은데 아무 말 없이 회피하지 말고 주제에 대해서 중단 요청을 하라는 식으로 이야기했고 그도 어느 정도는 그 부분에 수긍하며 잘 따라주었다고 한다.

그녀도 그때까지만 해도 그가 중단을 요청하면 그것을 약속했던 것처럼 잘 따라주고 그 중단한 주제를 되도록 다시 꺼내지 않고 감정적으로 무거운 대화를 그와는 하지 않았다고 한다. 하지만 그것도 연애 초반에는 가능했을지 몰라도 관계가 어느 정도 깊어지고 이런저런 사건이 복잡하게 발생했을 때는 그러기가 쉽지 않다고 하였다.

그의 경우에 단순히 갈등이 일어날 것 같은 이야기만 불편하게 느끼는 것이 아니라 무겁다고 표현하는 것들은 대부분 진지한 이야기나 둘의 관계의 미래에 관한 이야기 혹은 그냥 삶에서 일어나는 일상적인 이야기도 일정 부분 무거워하는 기색이 있었다.

그저 그냥 웃고 떠들 수 있는 이야기 가벼운 이야기나 상황 등에 대해서만 이야기하고 싶어 하는 듯해 보였다. 그녀는 결국 그러한 상황에서 이해하는 것이 더는 힘들어진 것이다. 솔직히 여기까지 보면 그전에 이미 지쳐도 지쳤을 법한 사람과 미래를 생각하면서 사귀는 그녀에 대해서 대단하게 보일 것이다.

보통 이런 회피형에 대해서 상담할 때 가장 먼저 꺼내는 말은 그 사람이 당신을 사랑하지 않아서 그러는 것이 아니라는 말을 가장 먼저 꺼내고는 한다. 왜냐하면 보통은 그것을 가장 궁금해할 것이고 그다음이 어떻게 하면 변할 수 있느냐는 것이니 말이다. 하지만 그녀의 경우에는 그는 변하지 않으리라는 것을 이미 충분히 받아들인 상태라 그 말이 불필요해 보였다.

하지만 이 경우에 또 다른 점이라면 다른 회피형의 경우와는 달리 애석하게도 그녀를 사랑하지 않는 건 아니지만 그렇다고 최선을 다해서 사랑했다거나 혹은 관계를 위해서 노력했다고 보이지도 않았다.

그 부분에 집중해서 그녀에게 이야기를 들려주었다. 분명한 건 지금부터 서로가 바라보는 방향이 점점 달라질 것인데 그런데도 그와 함께 간다면 계속해서 가벼운 정도의 관계를 이어가게 될 가능성이 크다고 말했다. 평생을 즐겁고 유쾌한 일만 찾아다닐 수는 없고 분명 살면서 불편한 이야기도 내가 상대를 위해서 하거나 상대가 나를 위해서 하기를 바라며 기대는 그런 상황이 생길 것인데 그녀의 남자친구는 그런 상대로서 적합하지 않기 때문이다.

따라서 그녀에게 남자친구와 지금 이상의 관계로 잘 지내길 원한다면 최소한 둘의 관계에서만큼은 남자친구에게 불편해도 이야기를 그녀가 원하는 바를 이루기 위해 그를 이해하는 만큼 어떻게 해주길 바라는 바를 내세우라고 말했다.

미래에 관한 생각을 들려달라고 하든 혹은 어떤 행동을 하길 원하든 부족한 것을 채워가는 노력을 하도록 상대에게 분명하게 말하고 상대도 그것이 적응할 수 있게 해야 한다는 부분을 분명히 했다.

그녀는 자신만 잘 이해하면 다 잘 될 거로 생각했던 것이 잘못되었음을 느끼고 그렇게 해보기로 약속했다. 그녀의 이해심만큼이나 그가 그녀를 잘 따라주었으면 할 따름이다.

깜빡이는 가로등 아래
누군지 모를 이의 흔들리는 실루엣
귀를 찌르는 전기음과 함께
이내 불이 찌르르 들어오자
모습을 드러내는 이는 다름아닌 그대
왜 너는 빛 아래서만 보이려 하나
해 넘어가는 놀에서도 충분히 빛나는데

#회피하는_남자친구와_잘_지내려면

07

가스라이팅을
이겨내는
방법

가스라이팅은 타인의 심리나 상황을 조작해서 대상을 의존적이게 만드는 것으로 알려져 있다. 그는 그녀에게 그렇게 가스라이팅을 당하고 있는 것 같다고 말했다.

보통 가스라이팅의 피해자는 여성이 되는 경우가 많은 것으로 인식하는 경향이 있다. 하지만 이것은 어느 쪽이 실제로 더 많다기보다 드러난 상황에 따라서 더 많아 보이는 것이라고 생각하는 것이 타당할 것이다.

그가 자신의 여자친구에게 가스라이팅을 당한다고 의심한 것은 그녀와의 관계에서 대부분의 일들이 자신이 부족하거나 자신이 유별나게 생각해서 발생한 문제로 결론이 나기 때문이고 그것을 주변에서는 이상하게 생각한다는 것을 어느 순간 느꼈기 때문이라고 한다.

가스라이팅과 관련된 상담을 하다 보면 이 용어가 널리 퍼진 시점부터는 어떤 감정적 갈등이 일어나면 무조건 가스라이팅과 연관 짓는 경우가 많아서 정말 그런 상황인지 아닌지 구분하는 것에서 시작하는데 그의 사연을 들으면서 판단한 것은 그는 실제로 가스라이팅을 당하고 있었던 것으로 판단됐다.

그나마 다행인 것은 그것이 오래 진행되지 않았고 그의 태도 여부 하에 따라서 어느 정도 상황을 바로잡을 수 있을 것으로 보여졌던 것이 다행으로 보여졌다.

그에게는 그녀가 자신을 몰아붙일 때 자신을 부족하다고 느끼게 만들거나 유별나다고 언급하는 부분을 기억하되 집중적으로 상대에게 왜 그렇게 생각하는지를 되물어보라고 말하였다 또한 그 과정에서 상대가 "내 주변에서는 그러지 않는다"라는 형태의 말과 "너를 위해서" 혹은 "우리를 위해서"라는 말에 휘둘리지 말라고 말하였다.

또한 그에게 정말 둘의 관계에서 원하는 형태를 확고하게 생각하고 상대가 유도하는 부분보다 자신이 원하는 부분에 대한 입장을 완고하게 내세우라고 덧붙였다. 그는 그렇게 하는 것이 자칫 둘의 사이를 갈라놓게 되는 이유가 되지 않을까 불안해했지만 계속해서 상대와의 관계에 그렇게 의존적이게 되면 결과적으로는 혼자만 이상한 사람이 되고 자존감이 떨어질 것이라고 말해주었다.

가스라이팅의 가장 무서운 점은 내가 자존감이 낮아져서 판단력이 흐려진 상태에서 상대에게 과하게 의존하게 되는 것이다. 그렇기에 의존하게 되는 것에서 벗어나는 방향으로만 행동해도 상대와 동등하게 되는 것의 큰 역할을 한다.

때문에 계속해서 자신의 탓만 되는 연애를 하고 싶은 게 아니라면 이 연애를 이어가기 위한 이유와 방향성에 대해서 확고한 생각을 하고 있어야 한다. 그냥 막연히 좋은 게 좋은 것으로 생각하며 수동적으로 따라가기만 하다 보면 어느 순간에 상대가 싫증이 날 경우에는 나에게 치명적인 아픔으로 돌아올 가능성이 크다.

그러므로 그녀와 헤어지고 아니고의 문제를 떠나서 지금의 관계가 정말 자신이 추구하는 연애의 형태가 맞는지에서부터 출발해야 한다. 그에게는 그런 능력이 떨어져 있었지만, 다행히도 주변의 경고를 들을 정도로 열린 태도를 보이고 있고 분별력을 지녔기에 더 심각해지기 전에 자신의 진짜 상태를 파악할 수 있게 되었다.

그는 그 이후 연인과의 관계에서 말하였던 대로 적용하였는데 상대는 평소처럼 자신에게 무력하게 끌려왔던 반응이 나오지 않자 이별을 빌미로 상대를 헐뜯고 협박하였다고 하였다. 하지만 긴 시간 동안 대화하면서 그러한 태도를 더 이상 하지 않기로 약속하였고 그의 태도나 의견도 존중하면서 만나보기로 했다고 전해왔다.

이후 그가 잘 지내게 되었을지 그녀와 다시금 문제가 생겼을지 알 수는 없다. 하지만 분명한 것은 그가 용기 내지 않았더라면 이별이 두려워서 계속 적당히 맞춰주자는 이름으로 끌려가기만 했다면 결국에는 완전히 그녀에게 의존적으로 되어서 좋지 않은 연애를 했을 가능성이 컸다는 것이다.

만일 이 이야기를 보고 있는 당신 혹은 당신의 주변에도 이런 일이 있다면 무작정 헤어지라는 말이나 생각보다는 진짜 원했던 연애는 어떤 것인지 생각해 보고 조언하기를 권한다.

한없이 무기력하게 느껴지더라도 그것이 전부가 아니다. 분명 벗어날 수 있고 나아질 수 있다. 그렇기에 꼭 용기 내길 바란다.

바라는건 하나
나를 안아줘
바라지 않는 것 하나
나를 가두지 말아줘
너의 액자 속 반고흐는 멈춰있지만
별이 빛나는 밤은 매어둘 수 없잖아

#가스라이팅을_이겨내는_방법

08

섹스 판타지를
확인하는 것이
중요한 이유

그녀는 그를 만나기 전 남자친구와 속궁합이 좋았다고 말했다. 그 이유 중 하나로는
판타지가 어느 정도 일치하는 부분이 있었고 그의 판타지에 그녀가 맞춰주는 것도
나름 재미있고 생각보다 잘 맞았기 때문이라고 했다.

반면 지금의 남자친구는 그런 판타지가 있는지 없는지도 잘 모르겠으며 관계 중 체
위나 횟수 등 다양한 부분에서 그냥 단조롭게만 이루어져서 그녀가 느끼기에는 부
족함이 컸다는 것이다.

그녀는 분명 자신이 다른 또래의 여자들보다는 성욕도 관심도 많은 편이라고 했다.
그렇다고 해서 성욕 해소를 위해서 이성과의 관계를 만들면서 생활하진 않았고 그
냥 그녀의 다양한 판타지를 함께 즐길 남자친구를 원했던 것이다.

그런 그녀에게 남자친구에게 자신의 판타지에 대해서 이야기를 해본 적이 있냐고
물었다. 하지만 그 이야기를 꺼낸다는 자체가 이전 연애를 상기시킬 것 같고 남자
친구가 자신을 부정적이게 볼 것 같아서 그냥 넌지시 떠보는 거나 그냥 어떤 행위에
대해서 어떻게 생각하는지 묻는 정도로 이야기하였다고 한다.

하지만 그 반응에 좋지도 않고 싫지도 않으며 무엇보다 그런 것이 왜 필요한지 남자 친구는 모르는 것 같아 보였다는 것이다. 그냥 무난하게 하는 것이 전부라고 아는 것 같다는 말도 덧붙였다.

앞선 에피소드에서도 다뤘던 것처럼 요즘은 우선적으로 잠자리를 가지고 잘 맞는지 보고 만나는 경우도 있기 때문에 판타지에 대한 부분도 매우 중요하다고 봐야 한다.

더군다나 나아가 관계가 더 진전되어서 결혼까지 간다면 서로 기호가 맞지 않아서 섹스리스가 되는 예도 있으며 그것이 그대로 굳어버리거나 혹은 바람의 원인이 되는 예도 있다.

따라서 그녀가 그가 어떻게 생각하든 일단 그녀의 판타지에 그가 따라줄지를 확인하는 과정은 분명 필요해 보였다. 하지만 이 경우에는 말로서 좋다 아니라고 할 정도로 남자 쪽도 관심이 많은 게 아닌 만큼 우선적으로 남자가 여자의 판타지를 즐길 만큼 개발될 수 있는지를 파악하는 형태로 흘러가는 것이 맞을 것이다.

그녀에게는 그렇기에 말로 난 이런 것을 좋아한다고 말하기보다는 그녀의 판타지 중 가장 무난하게 받아들일 수 있는 것부터 실전에서 해보기를 유도해보는 형태로 접근하도록 조언하였다. 그리고 덧붙여 실전에서 행해지고 나면 충분히 만족스러운 표현을 해서 그가 자신감을 가지고 그 판타지를 이후에도 응할 수 있게 하여 강도를 높이는 것이 좋겠다고 하였다.

기본적으로 섹스에 대한 부분은 남자가 더 많이 알고 있다거나 혹은 남자라면 다 자세하게 관심이 있을 거로 생각하는 선입견이 있다. 하지만 의외로 남자 중에서는 그러한 부분에 무관심한 사람도 있기 마련이며 그냥 의식의 흐름대로만 하는 사람도 존재한다.

때문에 여자 쪽에서 더 관심이 많다거나 판타지가 다양하다고 해서 그것을 부끄러워하거나 주저할 필요는 없다. 다만 물론 자신이 혼자서 깨달은 것이 아닌 이전의 연인과의 경험으로 만들어진 부분이라면 굳이 그것을 상기시킬 방향으로 판타지를 언급할 필요는 없다.

중요한 것은 잘 전달하고 실전에 잘 적용하는 것이며 남자 쪽에서 서툴거나 관심이 없던 부분이라면 남자친구의 욕구나 느낌이 만들어지기 전까지 인내심을 가지고 조금씩 적용하는 것이 필요하다. 물론 앞서서 궁합이 잘 맞았던 경험을 상기시키면 그 모든 것이 조바심 날수는 있다.

하지만 잘 맞춰가기 위해서 하나하나 노력하다 보면 그 성취감은 무엇보다 클 것이다. 그러니 섹스 판타지를 너무 숨기거나 참지 않기를 바란다. 솔직하고 올바르게만 접한다면 둘의 관계는 더욱더 상승할 것이니 말이다.

유려한 곡선을 넘어
장미향이 번져온다
잠든 그대를 위해
용기 내어 헤쳐온 덤불
손과 입을 포개어
긴 시간 잠든 우릴 깨어낸다

#섹스_판타지를_확인하는_것이_중요한_이유

09

소중히
여기는
마음의 기준

그녀는 그가 자신을 소중히 여기는지 잘 모르겠다고 말했다. 그녀가 그렇게 생각하게 된 이유는 그는 남들이 보기에는 자신을 엄청 사랑하고 있는 것으로 보이지만 그 모든 행동들에 자신이 불편함을 느끼고 있는 것은 모르는 것으로 느껴지기 때문이라고 했다.

그녀의 남자친구는 처음 만났을 때부터 꽤 적극적이었다고 했다. 외모부터 자신의 이상형이라고 말했으며 몇 번 만나지도 않았는데 성격도 잘 맞는다고 했으며 자신이 평소에는 잘 안 먹는 음식도 그녀와 함께 먹으면 매번 맛있다고 할 정도로 자신에게 있어서 그녀가 얼마나 특별한지를 알렸다고 한다.

그런 것을 보면 그가 그녀를 소중히 여기지 않을 일은 없을 거라는 생각이 든다. 실제로 그녀도 그가 여태까지 만났던 남자들과는 달리 자신을 정말 특별하고 소중하게 대한다는 생각이 들어서 그와 사귀게 되었다고 말하였다.

하지만 그런 생각은 한 달 정도 만에 바뀌었다고 했다. 그는 여전히 변함없이 그녀와의 관계에 열정적이었으며 항상 자신과 무언가를 하기를 바랐으며 항상 만남에 대한 계획을 말하며 흥분에 차 있었으며 그리고 그것은 상담하는 시점까지 이어졌다고 한다.

대부분 그것은 그녀도 좋아해서라기보다는 그가 생각했을 때 그녀도 이것을 하면 좋아할 거로 생각해서 일방적으로 계획하고 밀어붙이는 경우가 많았다고 하며 그녀가 버거움을 표현했을 때는 그녀가 미안해질 정도로 그가 침울한 모습을 보였다고 한다.

또한 자신의 일상에서 해낸 일에 대해서 그녀에게 과하게 어필하는 경향이 있었으며 그녀에게 늘 작은 칭찬이라도 받기를 원하는 것처럼 느껴졌다고 한다.

그 이야기를 들었을 때 필자는 그가 자기애성 성격장애를 앓고 있는 것은 아닐까 하는 생각을 해보았다. 하지만 그가 정식으로 검사를 받은 것도 아니었고 필자로서는 오롯이 그녀의 입장에서 전달하는 이야기만을 듣는 것이기에 그녀가 더 크게 와닿아서 과장되게 표현했을 가능성도 제외할 수 없어서 그렇게 판단하는 것은 섣부르다고 생각하며 이야기를 들었다.

이야기가 끝나갈 때까지 그녀는 그에게 연락이나 만남에서 시달렸던 일들에 대해서 늘어놓았는데 그것이 너무 많아서 기억하기조차 힘들 정도였다.

다만 이야기가 끝나갈 무렵 인상적인 부분을 듣게 되었다. 그는 끊임없이 그녀와 소통하고 만남을 계획하고 함께 즐거운 시간을 보내기 위해서 애썼지만 정작 그녀에 대해서 질문을 하는 것은 거의 없었다는 것이다.

그래서 그녀에게 다음에는 그가 무언가를 계획하더라도 그전에 먼저 데이트를 계획하고 그 데이트에서 하루 종일 이번에는 그녀 쪽에서 적극적이게 자신의 이야기를 해보는 시간을 가져보라고 조언했다. 그녀는 말수가 적은 편이라 그게 쉽지 않을 것 같다고 말하였지만 그럼에도 그를 좀 더 파악하기 위해서는 그것이 필요하다고 말하였다.

이후 그녀는 그렇게 해보고 상담을 이어갔는데 그녀가 그렇게 했던 당일에 그는 시종일관 지루해 보이거나 반응이 차이가 날 정도로 적거나 경우에 따라서는 산만해 보였다고 그날의 만남을 묘사하였다.

그런 그녀에게 그는 당신을 소중하게 여기고 알아가려는 것보다 그냥 연애 자체를 즐김과 동시에 자신의 인정 욕구를 채우는 것에 더 관심사가 집중되어 있을 가능성이 크다고 말하였다. 물론 그것은 그날 그의 컨디션이 좋지 않아서 그런 것일 수도 있기에 이것을 증명하기 위해서는 이번에 했던 것처럼 반복해 보고 판단해 보라고 말하였다.

덧붙여서 그가 정말 필자가 말한 것처럼 그러한 것 같다면 그녀가 원하는 이상적인 관계를 그에게 차분히 설명하고 그것이 될 것 같다면 함께 가고 그렇지 않다면 관계를 정리하는 것이 좋을 것이라고 덧붙였다.

소중히 여기는 마음은 상대에 관한 관심이 시작이자 전부일 것이다 그러니 그것을 잊지 말아야 한다.

은은히 달무리를 지어보이는
깊은 달빛이 소중해 보였던 한 아이
투명한 병 속에 달을 담았고
달도 나도 기꺼이 반길 줄 알았던 마음
그 마음은 아이의 시선에 맞춰져 있었기에
갇혀진 달이 물기어린 습도를 내뿜으며 발버둥쳐도
뒤집어진 병의 위치는 좀처럼 바뀌지 않네

#소중히_여기는_마음의_기준

10

갈등이 두려워서
말을 참지
말아야 하는 이유

그녀는 여태까지의 연애에서 항상 하고픈 말을 참고 참다가 터져서 늘 연애가 좋지 않게 끝났다고 했다. 그렇기에 이번 연애는 그런 일이 없도록 하고자 좋게 잘 말하는 법을 배우기 위해서 상담을 신청했다.

연애에서 대화법은 중요하다. 문제가 있을 때도 혹은 없을 때도 말 한마디에 마음이 흔들릴 수도 있으니 말이다. 오죽했으면 말을 예쁘게 하는 사람이 이상형인 경우도 있으니 충분히 공감될 것이다.

다만 그녀가 원했던 것은 단순히 예쁘게 잘 말하는 것이 아니라, 말을 꺼내는 순간부터 말을 전달하는 과정 그리고 결과까지 평화롭게 되기를 희망했다. 그즈음 되면 마법이나 다를 바 없다는 생각이 들었지만, 그녀에게 왜 그렇게 잘 풀리는 법을 희망하는지 질문하였다.

그녀가 답하기를 그녀는 여태까지의 연애에서 하고자 하는 말을 못 했던 이유가 막상 자신이 하고 싶은 말을 꺼냈는데 그것이 갈등 구도로 이어지면 그 상황을 어떻게 해결해야 할지 막막하기도 하고 그런 상황이 되는 것을 두려워했다고 한다.

그래서 애초에 연애할 때도 그런 갈등 상황이 아예 없을 것 같은 마음이 통한다고 생각하는 남자와 사귀었는데 결과적으로는 처음에는 환심을 사기 위해서 자신과 잘 맞는 것처럼 행동했던 그 남자들도 결국에는 안 맞는 부분이 있어서 불만이 쌓이고 또 그것을 꺼내지 못해서 결국에는 큰 문제로 이어졌다는 것이다.

그런 경험이 몇 번 지나고 나니 처음부터 모든 것이 잘 맞고 갈등이 안 일어나는 사람을 만나는 건 불가능하다는 것을 깨달았기에 이번 연애에서는 표현하긴 하되 상대가 평화롭게 잘 받아들일 수 있는 화법을 익히면 문제가 해결될 거라고 믿었던 것이다.

그 이야기를 들으면서 들었던 생각은 그녀는 연애를 마주하기보다는 연애가 가지고 있는 외부에서 바라보는 모습만을 원한다는 생각이 들었다. 결국 연애도 인간관계고 인간관계에는 책임이 따른다. 특히 연애와 같은 특수성이 있는 관계에서는 갈등 또한 책임의 요소가 되고 그 갈등을 어떻게 다뤄가느냐가 좋은 연애를 판가름하는 기준이 되기도 한다.

그렇기에 우선은 그녀에게 잘 말하려면 우선 말하려는 말을 왜 하는지 그 이유에 대해서 확고한 생각이 있어야 한다고 말했다. 아무리 예쁘게 말한들 그 말을 해야 하는 이유가 그냥 내 불만을 꺼내기 위한 용도로만 쓰인다면 그것은 아무리 잘 말해도 소용이 없을 것이다.

하지만 둘이서 내가 꺼낸 주제로 갈등하게 되더라도 더 나아지는 연애를 위해서 시도하는 것이라면 분명 좋게 말할수록 그 갈등을 잘 해결하고 더 나은 관계가 될 것이라는 부분을 언급했다.

애초부터 그녀는 그런 갈등이 일어나지 않기를 바랐고 그 갈등을 일어나게 하지 않는 화법을 원했으나 그런 건 없다고 말했다. 결국 그녀가 원하는 평화도 갈등이라는 과정을 거치지 않으면 그저 서로 벽 하나 쌓고 연인이라는 연기를 하는 것에 지나지 않을 테니 말이다.

그녀는 갈등을 필수로 겪어야 한다는 부분에 반감을 가졌지만 갈등을 겪더라도 둘의 관계가 극단적으로 악화되지 않는다는 믿음을 바탕으로 차근차근 상담에 임하면서 갈등을 다루는 법을 배워갔고 실전에서 적용하며 몸으로 익혀나갔다.

그녀가 그 과정에서 가장 큰 성과를 이룬 것은 더 이상 하고 싶은 말을 억지로 참지 않게 되었다는 것이었다. 어차피 말하게 될 거라면 적절한 때에 말하고 감정에 휘둘려서 말하지 않는 법을 익히고 나니 더 이상 갈등에 대한 거부감이 이전과 같지 않았나고 한다.

분명 평소에 갈등이 두려워 표현 못 하는 사람들에게는 갈등을 마주한다는 행위 자체와 감정을 조절하며 이야기할 수 있을지에 대한 불확실성이 말을 내뱉는 것을 주저하게 만들 것이다. 하지만 정말 더 나은 연애를 원한다면 어차피 말해야 할 말을 더 미루지 말아야 한다.

그렇기에 용기 냈으면 한다. 그 용기가 사랑을 더 단단하게 만들 테니 말이다.

부딪히면 바스라지는 연두부같던 난
부드럽고 말랑하니 사랑받고 싶었을 뿐
이제와서 단단한 모두부가 될 순 없지만
조각들을 모아 커다란 용기에 몸을 뉘여
사랑받기 보다 사랑하기 부터 시작해볼래

―――――――――――

#갈등이_두려워서_말을_참지_말아야_하는_이유

11

똑같은 문제가
반복되지
않으려면

연인과의 문제가 변하는 것 없이 반복되는 것만큼 괴로운 것은 없을 것이다. 그녀의 고민도 그러했다. 누군가에게는 사소한 문제라고 생각될 수 있지만 고쳐지지 않고 똑같은 문제의 반복됨에 그녀는 많이 울고 애원하기도 했다고 한다.

누군가의 아픔을 이해하기 위해서 우리는 역지사지(易地思之)라는 말을 많이 사용한다. 하지만 정작 그 말처럼 처지를 바꾸어서 생각하는 것이 아닌 그냥 자기의 뜻을 관철시키기 위해서 사용하는 사람도 있다. 그녀의 남자친구가 그런 사람이었다.

그 둘이 겪는 갈등은 시간 약속에 대한 부분이었다. 그는 지속적으로 시간 약속을 어기곤 했는데 그 범위가 10분에서 30분 정도의 범위로 계속 지각을 했다고 한다. 그것의 그의 논리는 반복되는 문제가 엄청 큰 문제가 아니고 자신이 여태까지 살아온 습관으로 어쩔 수 없다고 오히려 계속 교정을 요구할 것이 아니라 네가 나의 입장에서 생각해 보라는 논리였다.

시간 약속을 어느 정도 여유 있게 다루는 사람이 있을 것이다. 그래서 아마 그의 입장도 그렇지 않은 사람만큼이나 있을 것이라고 생각한다. 실제로 그녀가 상담을 신청하기 전에 주변에 이 문제를 상담했을 때 생각보다 많은 수가 남자친구와 비슷한 이야기를 하며 남자친구의 행동에 공감했다고 한다. 그래서 그녀는 자신이 이상한 것인지 그 부분도 알고 싶다고 말했다.

개인적으로는 시간 약속에 민감한 사람이라 시간 약속을 잘 지키지 못하는 그의 입장 보다는 내담자인 그녀의 관점에서 공감이 더 잘 되는 것이 사실이었다. 하지만 그 둘의 문제는 누구에게 얼마나 더 공감이 잘 되느냐의 문제로 해결될 것으로 보이진 않았다.

그녀에게 필요했던 건 공감보다는 어떻게 하면 그 반복되는 괴로움에서 벗어날지가 더 필요했을 테니 말이다. 또한 더는 시간 약속의 문제가 아니라 상대는 나를 존중 하는가 혹은 사랑하는가의 감정적인 문제 인격적인 문제로까지 이어진 상태이기에 시간 약속을 어떻게 하면 잘 지키게 할 것인가 하는 건 더 이상 의미가 없어 보였다 (물론 완전히 제외하고 다룰 순 없을 것이다).

그래서 사연을 말하는 동안에도 그 순간들이 떠올라서 흥분한 그녀를 어느 정도 진 정시키고 말을 이어 나갔다. 둘에게 필요한 것은 어떤 약속보다도 서로의 한계를 아 는 것이 필요해 보인다고 말했다. 누구에게든 한계는 존재한다. 그것이 남들이 이해 하기 힘든 영역에 존재할 수도 있고 지극히 상식적이라서 남들이 다 동의하는 부분 에 존재할 수도 있다.

두 사람의 문제가 반복되는 것에서는 그러한 한계들에 대해서 이해도가 낮거나 혹 은 한계를 극복할 수 있을 거라는 가정에서 시작하기에 문제가 발생한다는 것을 알 려주었다. 그에게 있어서 시간 약속이라는 영역에서의 한계를 먼저 살펴보라고 하였다 그가 여태까지 시간 약속을 나 외의 타인 혹은 중요한 일에서도 그렇게 어긴 적이 있는지 그로 인해서 발생하는 불상사도 감수하면서 살았는지를 말이다.

그 말을 했을 때 그녀는 그가 시간을 지키지 못해서 각종 시험이나 면접에서 좋지 않은 상황이 생겼던 것을 이야기하였다. 결국 그 사람은 자신이 살면서 중요한 순간에서조차도 그것을 바꾸지 못해서 불이익을 받더라도 어쩔 수 없이 살아온 사람이라는 것이란 것을 상담 시간 동안 새삼 느끼게 된 것이다.

그녀 역시 마찬가지다 그녀는 어떤 상황이든 어떤 관계든 항상 시간을 지키고 그것이 잘 지켜지지 않는 상대에게는 항상 빠지지 않고 언급하였다고 한다. 그것 역시 어쩔 수 없고 그러지 못하는 것이 그녀의 한계인 것이다.

그 한계를 어느 정도 인식했다면 이제 어떻게 해야 하는가의 문제만 남았을 것이다. 케케묵은 먼지처럼 털어내고 깨끗하게 잘해 나갈 수 없는 영역이라면 그 먼지 위에 천이라도 덮고 먼지가 없던 것처럼 모른 척 함께 살아가거나 혹은 털어낼 수 없기에 차이를 인정하고 머문 자리에서 떠나야 한다.

그녀는 우선 그와 자신의 어쩔 수 없음이 충돌하지 않는 영역에서 일단은 연애를 이어가 보겠다고 생각했다. 그녀의 그런 선택이 옳다 그르다고 할 수는 없다. 분명 시간 약속에 대한 부분은 그녀가 견디기 힘들 정도지만 다른 부분은 그녀가 너무 가슴 벅찰 정도로 좋을 수도 있으니 말이다.

꼭 기억해야 한다. 서로의 한계를 먼저 생각할 수 있다면 똑같은 문제는 반복되지 않을지도 모른다는 것을.

더하고 더해지는 눈물이 모여
눈물병으로 담아도 흘러넘치니
바다에 쏟아 붓고 부었다
바다는 얼핏 윤슬로 빛나보였지만
반복된 눈물의 짠기로 마실 수 없어
바라만 볼 뿐 아무도 가지 않게 된
버려진 사해가 되었다

#똑같은_문제가_반복되지_않으려면

12

성격이
다른
연애

그는 성격이 다른 여자친구와 어떻게 하면 잘 지낼 수 있으며 서로 꼭 이해하지 않아도 괜찮을 수 있을지 궁금해했다. 그의 고민은 아마 성격 차이가 나는 연인 관계에서 남자들이 한 번쯤은 해보았을 고민일 것이다.

계속해서 다투고 서로 지치게 되는 것보다 그냥 이해 안 되면 안 되는 대로 좋은 면만 보고 사귀었으면 하는 마음 반 솔직히 그냥 잘 맞추려는 행동이 성격 차로 인한 다툼이 잦아져서 귀찮은 마음 반이 섞인 고민일 것이다.

물론 모든 남자가 그런 것은 아니다. 하지만 이런 성격 차로 인한 잦은 다툼은 서로를 지치게 만든다는 것은 분명한 사실일 것이다. 그렇기에 그는 다른 남자들과 마찬가지로 잘 지낼 방법이 있다면 찾아서 해보기를 희망했던 것이다.

성격이 다른 연애 고민을 접하면 가장 먼저 확인하는 것이 처음부터 그런 성격 차이를 인지했는지를 확인한다. 왜냐하면 최초의 시작이 어떤 지점에서 출발했느냐에 따라서 성격이 다른 연애의 해결법도 다르기 때문이다.

대부분은 어느 정도 알았지만 별 신경 안 썼거나 사랑하면 상대가 달라질 거라는 기대를 하고 시작한 경우가 많다. 하지만 막상 누군가가 물으면 '이럴 줄은 몰랐다'라고 답변하는 경우가 보통이다. 마치 자신이 그 사람을 선택한 것을 실수라고 생각하고 그 실수를 타인에게 인정하기 싫은 듯이 말이다. 하지만 관계가 나아지고 싶다면 처음부터 조금이라도 인지했었는지에 스스로가 먼저 솔직해지는 것이 좋다.

그는 성격 차이에 대해서 알고 있었으나 그 차이가 연애에서 그렇게 많은 부분에서 영향을 줄지는 몰랐다고 답하였다. 하지만 영향을 주리라는 것을 알았어도 사귀겠다고 마음먹었음에는 변화가 없었을 것이라고 덧붙였다.

그만큼 그는 성격 차이가 나고 자주 다투더라도 그녀를 사랑함을 느낄 수 있었다. 하지만 그 차이가 서로를 지금보다 더 자주 대립하게 만든다면 그의 사랑도 바람 앞의 등불과 같은 상황이 될 것임은 틀림없어 보였다.

따라서 그에게는 성격 차이에 대해서 내가 이해 못 하는 부분과 상대가 이해 못 하는 부분에 대해서 명확하게 분류하는 것이 필요하다고 말했다. 성격 차이가 일어난 커플들의 상당수는 그냥 어떤 특정 이슈가 있을 때 그 사건에서 발생하는 차이만으로 다룰 뿐 평소 아무 일 없을 때는 그런 차이에 대해서 크게 생각하지 않는 경향이 있다.

하지만 성격 차이를 인지하고 있는 커플이라면 평소에도 많이 그 차이들에 대해서 정확하게 알 수 있도록 서로를 알아가는 대화가 필요하며 그중 가장 중요한 것은 서로가 이해 못 하는 부분에 대해서 충분히 알고 있어야 한다는 것이다.

그렇지 않으면 충돌은 늘 "너는 도대체 왜 그래?"라는 전혀 생산적이지 못한 대화들로만 이뤄지고 마무리되기 마련이며 결국 그냥 노력하겠다는 막연한 말만 남기고 다음에 또 반복되어서 서로를 지치게 만든다.

앞선 에피소드에서 언급한 것처럼 연인끼리는 서로의 한계를 잘 아는 것이 중요한데 이런 식으로 성격 차이가 나는 커플의 경우에는 그것이 다른 커플보다 몇 배는 더 필요하다. 왜냐하면 애초에 이해 안 되는 속성을 연인이 왜 가지고 있는지부터 어떨 때 그것이 적용되는지를 파악하고 있어야 하기 때문이다.

그렇기에 그와 여자친구는 서로의 이해 못 하는 부분을 분류하고 그것에 관해서 대화하고 규칙을 정하는 시간이 필요한 것이다. 물론 그에 비해서 여자친구는 그런 대화를 좋아하지 않는 성격이라고 하였지만 그럼에도 어쩔 수 없다. 싫더라도 한 번은 거치지 않으면 차이는 영원히 극복할 수 없으니 말이다.

이후 그는 그녀와 작은 부분에서부터 차이를 확인하는 대화를 평상시 많이 하였다고 한다. 그녀는 다소 불편해했지만 서로의 차이에 대해서 어떻게 대처하기로 하나둘 정하면서 둘의 다툼은 이전에 비해서 훨씬 줄었다고 알려왔다.

그들은 꾸준히 대화를 계속하여야 할 것이다. 하지만 그렇게 계속할 수 있다면 그들은 흔한 '성격 차이로 인한 이별'이라는 것을 경험하지 않아도 될 것이다.

어 다르고 아 다르기에
나 다르고 너 다를 수 밖에
좁힐 수 없는 간극이 존재한들
틀려버린 문제가 아니니
꼭 끌어안고 있지 않아도
한 몸에 공존하는 자석처럼
나란히 푸르고 붉은 빛을 발해

#성격이_다른_연애

13

연애 중
올바른
대화법은?

그는 여자 친구의 대화법에 대한 지적이 도를 지나쳤다고 말했다. 말투나 단어에 민감한 사람이라면 충분히 공감할 만한 부분이 말을 예쁘게 하고 아니고를 떠나서 어느 특정 부분에 꽂히기 시작하면 그것에서 신경을 떼기가 힘들다는 것이다. 그의 여자 친구도 그러했다고 한다.

그는 여자 친구에게 험하게 말하거나 비속어를 섞어서 쓰거나 그런 것도 아니었다고 말하였다. 하지만 여자 친구는 처음 만났을 때부터 신경 쓰였는데 사이가 더 가까워지면서 이해해 줄 거로 생각하고 하나둘 말하는 것이라고 말하며 단순히 비속어를 섞지 않는다고 해서 좋은 말이 아니라는 것을 앞세워서 그의 말에서 꼬투리를 잡는 것 같은 느낌으로 집요하게 지적하였다고 한다.

이즈음 되면 사람들은 사실 그것에 별로 신경 안 쓰이는데 그냥 정떨어져서 그렇게 예민하게 반응하는 것 아니냐는 생각을 할 수 있다. 하지만 정이 떨어졌을 때는 어떻게 말해도 무관심한 경우도 있어서 단순히 이것을 확실하게 정이 떨어진 것에 대한 증거로 생각할 수는 없다.

그에게 그러한 불편에 대해서 여자 친구에게 알린 적이 있는지를 확인해 보았다. 하지만 그가 불편을 말하고 이해를 구하는 식으로 말하면 그녀는 왜 적응하려고 노력해 보지 않느냐며 그럼 자신은 신경 쓰여도 참기만 해야 하느냐며 몰아붙였다고 한다.

그는 그녀의 그러한 모습에 자신의 대화법이 문제가 있는 것인지 아니면 자신이 느끼는 것처럼 그녀가 심한 것인지 알고 싶다고 말했다. 필자가 보았을 때는 그녀가 그렇게 따지는 것이 너무한지를 떠나서 그녀는 그와 하고 싶은 것이 무엇일까 하는 생각이 들었다.

연애에서 누구 하나만 희생하게 되는 형태는 절대 바람직하지 않다. 더 나아가서 누구든 희생하게 되는 연애는 바람직하지 않다고 생각하는 예도 있을 것이다. 하지만 연애는 필연적으로 상호 간에 희생하게 되는 부분이 생기는데 필자가 본 그녀는 그런 상황을 받아들일 생각이 없어 보였다.

앞서 이야기한 것처럼 자신만 참는다고 답했다는 부분도 생각해 보면 그가 이해를 구하는 것을 동의하면 참는다는 답으로 이어지는 것은 그녀는 이해하거나 적응하려는 것보다 무조건 자신의 견해를 고수하고 그저 참는 형태로만 흘러갈 것으로 생각하는 것으로 보인다고 할 수도 있을 것이다.

따라서 자신은 합리적이고 올바른 연애를 말하는 것처럼 보이지만 사실은 자기 의지는 양보할 생각이 없고 상대에게만 자신이 생각하는 이상적인 연애의 형태를 실현해주길 강요하는 것이나 다를 바가 없는 것이다.

그에게 그러한 부분을 말해주니 처음부터 이러한 부분을 알았다면 좋았겠지만 몰랐다고 한다면 다시 처음부터 알아가는 느낌으로 그녀와 이 부분에 대해서 여자친구가 중요하게 생각하는 포인트를 인정하면서 다시 이야기해 보고 싶다고 말했다. 하지만 이번 대화조차 잘 풀리지 않는다면 관계를 잘 이어가기는 힘들 것 같다고도 덧붙였다.

올바른 대화법이라는 것은 상황에 따라서 혹은 상대에 따라서 달라질 수 있다. 그리고 저마다의 허용치에 따라서 말투가 조금 거칠더라도 혹은 단어가 적절치 못하더라도 허용하는 경우도 있을 것이다. 그 허용치를 잘 파악하는 것이 연애 중 올바른 대화법을 찾는 지름길일 것이다.

다만 그 허용치를 잘 파악했더라도 상대 혹은 나에게 무작정 하지 않겠다. 혹은 어떻게 하도록 노력하겠다는 형태의 말을 꺼내서는 안 된다. 알게 된 만큼 답도 보인다고 생각할 수 있지만 그것은 어디까지나 단기적인 해결책이나 흐름일 뿐이다. 따라서 알게 된 만큼 장기적으로 잘해나가려면 어떻게 할지를 우선 서로 간의 많은 대화를 통해 조율해야 할 것이다.

이것이 더 옳음에 가깝고 그러니 무조건 이렇게 해야 한다는 식의 대화가 아닌 서로의 차이를 이해하는 대화가 될 수 있어야 한다. 만일 당신도 같은 문제를 겪고 있다면 우선 지키지 못할 약속을 하지 말고 이것을 잘 생각해 보라고 말하고 싶다.

타인이 만들어 놓은 대화법을 암기해서 잘 지키기보다 서로를 위한 대화법을 만드는 것에 시간을 더 투자해보는 것이 좋을 것이다.

매일 돌고 있는 별들은
그 길을 잃지 않지만
매번 우리의 말들은
정도의 길을 헤매곤 해
사랑엔 왕도가 없다지만
입술을 떠나는 시위엔
부드럽게 아교를 묻혀줘

#연애_중_올바른_대화법은?

14

바라는 것이
많아지는
연애

그녀는 남자친구에게 바라는 것이 많아져서 그런 생각이 더 잘못되기 전에 고치고 싶다고 말했다. 연애하다 보면 알아가는 만큼 아쉽고 더 잘 되고 싶은 마음이 생기기 마련이다. 하지만 그것이 지나치게 되면 서로를 멀리하고 싶은 마음이 생기게 되는 이유가 되기도 한다.

그런 측면에서 생각하면 그녀가 생각한 잘못되기 전에 미리 고치고 싶다는 태도는 매우 긍정적인 것이라고 할 수 있다. 필자의 인스타그램 계정에도 연인에게 바라는 것이 많아질 때에 대한 글을 게시한 적이 있었는데 반응이 좋았다. 그만큼 서로 처음 그때의 마음만큼 사랑하고자 하는 사람이 많았고 이러한 부분을 조금이라도 고민해 본 사람이 많았다는 뜻이 아닐까 싶다.

그녀에게는 어떤 부분에서 바라는 것이 많아지며 남자친구와는 이 부분에 관해서 이야기를 해본 적이 있는지 확인해 보았다. 그녀는 아직 남자친구에게 티를 내진 않았지만 처음 사귀었을 때보다 그의 옷차림이나 말투 사고방식 등 다양하게 지금보다 더 나아졌으면 좋겠다고 생각했다.

그런 생각에 대해서 만일 나아진다면 구체적으로 어떻게 나아지길 바라는지 물었는데 그 부분에 대해서는 구체적으로 정한 건 없지만, 더 좋게 느껴졌으면 하는 생각이 맴돈다고 이야기했다. 지금처럼 연애에 있어서 구체적이지 않은 것은 대부분 위험하다고 생각하는 것이 좋다. 그래서 그 위험성을 먼저 언급했다.

이도 저도 아니고 모호한 태도나 말을 보이다가 상황에 따라서 어느 쪽을 선택하는 것은 사회생활에서 자신의 책임을 경감시키고 자신을 보호하기 위해서 습관처럼 많은 사람이 취하는 형태이다.

하지만 연애를 그렇게 한다는 것은 결국 상대에게 좋은 인상을 심어주기는 힘든 것은 당연하고 나아가서 다른 경우들보다 쉽게 이기적이라는 소리를 듣기 딱 좋은 태도이다. 그 부분을 그녀에게 설명하면서 정말 나아지기를 바란다면 우선 구체적으로 나아지길 바라는 포인트를 설정하라고 말하였다.

그리고 아울러서 그가 나를 위해 자발적으로 내가 바라는 바를 이뤄주길 바라지 말고 내가 먼저 나서서 영향을 줄 수 있는 부분이라면 적극적으로 나서서 지적이 아닌 도움을 줌으로써 변화를 끌어내 보는 것도 해보길 권하였다.

예를 들어서 옷차림이 마음에 들지 않는다면 남자친구에게 자신이 생각했을 때 더 스타일에 맞는 옷을 선물해 보는 것도 하나의 방법일 수 있다. 혹은 사고방식이나 말투도 상대가 왜 그렇게 생각하거나 말하는지를 좀 더 심도 있게 이해하다 보면 더 나은 것이라는 것이 필요하게 되지 않을지도 모른다. 그 외의 데이트 방식 등에 대해서도 더 나아지길 원한다면 스스로 그 구성을 준비해서 리드해 볼 수도 있어야 한다.

연인에게 바라는 게 많아지는 것은 무조건 나쁜 것은 아니다. 따라서 바라게 되는 것 자체를 너무 경계하는 것은 좋지 않다. 하지만 연애는 혼자 하는 것이 아니기에 그냥 무턱대고 바라는 바만 커지고 상대에게 지적이나 불평만을 늘어놓아서도 안 될 것이다. 처음 상대와 사귀고 싶었던 그때를 떠올린다면 알 것이다. 그때는 사귀기만 해도 좋았음을 말이다.

때문에 상대에게 바라는 게 많아진다면 그것에 맞춰서 직접 이런저런 도움을 상대에게 주면서 바람을 이루기 위해서 시도해 봐야 할 것이다. 상대와 함께 논의하고 시도했음에도 잘 안된다면 그때 가서 바라는 것이 많아지는 부분들에 대한 눈높이를 조정해도 늦지 않다.

그녀는 전체적으로 자신이 바라는 바에 대해서 그렇게 다 하기는 힘들 것 같지만 그래도 우선 눈에 보이는 것은 바라는 것을 구체화해서 남자친구에게 적용하는 것을 시도해 보기로 노력해 보겠다고 하였다.

물론 이 방법이 항상 좋은 결과를 낳는다고 장담할 수는 없다. 더 나아지기 위한 노력과 그 노력을 돕는다는 측면에서 다가가도 상대는 그렇게 노력하고 싶지 않을 수도 있기 때문이다. 하지만 연인 사이가 발전하기 위해서라면 실수가 될지 아닐지는 시도해 봐야 아는 것이다.

만일 바라는 게 많아지는 연애를 하고 있다면 한번 잘 생각해 보길 바란다. 그 바라는 것들을 어떻게 대하고 있는지를 말이다.

우리를 잃지 않으려면
사랑이란 말로 가장하지 말자
그렇게 관계의 말로를 보게되니

#바라는_것이_많아지는_연애

15

둘만의
기준이
필요한 이유

우리는 어느 것의 중간쯤에 있는 것을 보통 혹은 평균이라는 말로 표현할 때가 있다. 그것은 우리가 어느 쪽으로든 특이하거나 과하게 행동하지 않는다는 기준이 되기도 한다. 그녀와 그의 남자친구는 그 보통 혹은 평균이라는 말 때문에 자주 다퉜다고 말했다.

다투게 된 이유는 남자친구가 보통이 아니면서 보통이나 평균을 주장한다는 것이었다. 예를 들어서 가장 최근에 다툰 것도 매우 사소한 것이었다. 라면을 먹을 때 '보통 밥과 함께 먹는다'라는 내용으로 대립하게 된 것이다. 그녀는 라면을 먹을 때는 그냥 라면만 먹기 때문에 그의 그런 말이 이해되지 않았지만, 그냥 남녀의 차이도 있으니 그런가 보다 하고 넘어가려 했다.

그런데 거기에서 남자친구는 "너는 라면 먹을 때 어떻게 그렇게 딱 라면만 먹어? 진짜 특이하다."라고 언급한 것이다. 그 말에 그녀는 그게 뭐가 특이한 거냐고 그냥 라면만 먹는 사람도 많다고 답하였지만, 그는 자기 주변의 사람도 자기가 활동하는 커뮤니티의 많은 라면 사진에도 항상 밥과 함께 있었다며 그녀가 소식하는 것이며 특이한 것인데 또 인정하지 않고 우긴다고 말하였다.

여기서 잠깐 언급하고 싶은 부분은 보통이라는 내용보다 그가 그녀를 대하는 태도가 문제라고 생각하는 사람이 많을 거로 생각한다. 그것을 차치하고서 우선은 이야기를 해보고자 한다.

그녀는 이 라면 사건뿐 아니라 언제부터인가 계속해서 그냥 단순히 취향 차이나 성향 차이일 수 있는 부분도 남자친구는 보통이라는 말을 언급하며 자신이 특이하다고 받아들일 때까지 몰아붙였다고 한다.

그게 왜 중요하냐고 물어도 그는 그냥 보통을 보통이라고 말하는데 네가 우겨서라는 말밖에 돌아오지 않았다고 한다. 어느 순간에는 보통이 맞는지 아닌지 서로의 갈등 상황에 대해서 커뮤니티의 의견을 들어보자는 말까지 하며 집착하는 모습을 보였다고 한다.

가끔 이렇게 보통이나 평균에 대해 집착을 하는 연인에 대한 상담을 받고는 하는데 그들의 공통점은 자신이 소속된 집단의 의견을 맹신하는 경향이 있다는 것이다. 흔히 말하는 성급한 일반화의 오류가 일어나기 충분히 좋은 환경이다.

그녀는 그런 상황이 너무나도 지친다고 하였고 헤어지는 것이 좋을지 고민 중이라고 하였지만, 우선은 그럼에도 그 사람과 어느 정도 긴 시간 사귀었던 시간이 있는 만큼 후회를 남기지 않기 위해서라도 해보는 방법을 조언해 주었다.

그것은 상대에게 정말 그게 보편적으로 보통이든 아니든 남은 중요하게 생각하지 않으며 둘만의 관계에서의 보통을 만들기 위해서 기준을 정하자는 제안을 해보라는 것이었다. 상대는 자신이 경험하는 한정적인 공간에서의 의견만을 놓고 그것에 맹신하여 그것과 조금이라도 다른 부분을 눌러서 심리적 균형을 맞추려는 움직임을 보이는 만큼 상대의 입장에서의 상식을 논리로서 누른다는 건 쉽지 않은 일이 될 것이다.

하지만 그건 그가 여자친구를 싫어해서가 아닌 만큼 다른 외부의 그런 보통이 아니라 둘의 보통을 만들자는 여자친구의 제안이 있고 그것에 잘 따른다면 둘은 더 이상 사소한 일로 보통이니 아니니 하는 다툼을 어느 정도는 멈출 수 있게 될 것이기에 그러한 조언을 하였다.

다만 이러한 시도조차도 보통을 구분 지으려 하고 서로가 아닌 커뮤니티의 의견을 취합해서 따르려고 한다면 그건 이미 연애가 아니라고 생각해도 좋다고 말하였다. 결국 연애는 둘의 일인데 그것을 하지 못하고 계속 보통만 찾아다닌다면 더 이상 연애의 기능을 한다고 보긴 힘들기 때문이다.

그녀는 필자의 조언에 그렇게 해보겠다고 말하며 그렇게 하면 혹여 잘 안 풀려서 헤어질 때 헤어지더라도 후회는 덜 남길 수 있을 것 같다고 말하였다.

상식에 크게 어긋나지 않는다면 연애에서의 보통은 둘이 만들어가기 나름일 것이다. 그렇기에 연애를 잘하고 싶다면 우선 둘만의 보통을 만들기 위한 태도를 가져보는 것은 어떨까 싶다.

보통을 찾다가 보통 헤어지는 이유가 되어서 끝나버릴 수 있으니 말이다.

보는이도 여려지는 푸른 수국
팬시리 설레어오는 분홍 수국
어느것 하나 다르지 않은 향기
품어준 땅의 이유로
단지 겉옷이 다를 뿐

#둘만의_기준이_필요한_이유

16

혼자만
사랑하지
않는 법

그는 자기만 여자친구를 사랑하는 것 같다는 느낌을 받는다고 했다. 그렇게 생각하게 된 이유는 처음 사귈 때부터 지금까지 여자친구와 무언가 대등한 관계라기보다는 자신만 항상 여자친구에게 맞춰야 관계가 평화롭게 흘러가기 때문이라고 했다.

연인 사이에 갑과 을이 있다는 이야기는 아주 오래전부터 사람들 사이에 다뤄졌던 주제라서 많은 사람이 알고 또 느끼고 있을 것이다. 표면적으로는 그런 것이 없다고 하지만 연애를 시작하는 단계 혹은 연애가 진행되는 중 나아가서 결혼에 이르기까지 관계에서 갑과 을을 느낄 때가 있다.

그렇기에 처음에 먼저 좋아하기 시작한 쪽은 자신도 모르게 을이 되는 경향이 드물게 있으며 계속해서 상대의 호감을 사는 데 필요 이상으로 애쓰고는 한다. 그리고 그것이 굳어지게 되어버리면 둘의 연애의 패턴처럼 되어버리고는 한다.

그의 사연도 그러했다. 처음에는 그저 여자친구가 너무 좋기에 잘해주려고 그녀를 위해서 항상 시간을 빼고 그녀가 원하는 것은 대부분 들어주기 위해서 노력했다고 한다. 더 나아가서는 그녀의 말 한마디 표정 하나하나를 기억해뒀다가 말하지 않아도 충족시켜주려 했다고 말했다.

하지만 그것이 그의 원래 모습은 아니었기에 어느 순간부터 나름 노력해도 상황에 따라서 혹은 자기 컨디션에 따라서 잘 안되는 순간이 발생했고 그럴 때마다. 여자친구는 마치 당연한 것을 못 한 것처럼 자신에게 핀잔을 늘어놓아서 다소 상심하게 되었다고 하였다.

당연한 것이 아닌데도 불구하고 그것을 처음부터 표현하면 생색내는 것 같고 멋없어 보여서 그냥 대수롭지 않게 여겼는데 유지가 힘든 지금에 와서는 그렇게 표현한다는 자체가 그냥 하기 싫으니까 안 하려고 하는 것이면서 변명한다고 생각하게 돼버릴까 봐 표현하지 못했다고 말하였다.

이것은 소통의 부재의 전형적인 예시라고 해도 과언이 아니다. 그는 처음부터 시작해서 지금에 이르기까지 모든 부분을 자신 혼자서 문제를 파악하고 고치려는 상황에 지속해서 노출하고 있었다.

그런 그에게 그녀의 속마음을 진정으로 마주해본 적이 있는지를 물었다. 그는 그녀의 행동이나 말 그리고 표정은 늘 살핀다고 답하였고 필자는 그것은 마주한 것이 아니라 그냥 눈치를 살피는 것이라고 답하였다.

그는 눈치껏 마음을 알아주는 센스 있는 남자친구라는 이름을 가지고 싶었을지 모른다. 하지만 그것은 진짜 그녀가 나를 알게 하고 나 역시도 그녀가 내가 해준 것에 대해서 표면적으로 보인 반응 외의 마음을 알 기회를 상실하게 된 원인이 된 것이다.

말하지 않으면 모르는 것들이 많다는 것은 아마 이 글을 읽는 당신도 알 것이다. 그렇기에 소통의 중요성은 강조되는 것이다. 하지만 실천하기 위해서는 어떻게 보이고 싶다는 부분에 빠져있지 말아야 한다. 그래야 진솔하게 이야기를 꺼낼 수 있기 때문이다.

그에게 그녀에게 있는 그대로를 솔직하게 말하고 생각을 나누는 것은 결코 남자친구로서의 어떤 유능함 여부를 나누는 것도 뭐도 아니라고 말했다. 오히려 연인 사이라면 당연히 해야 하는 것이고 그 과정에서 얼마를 사귀었든 나에 대해서 연인이 모르는 부분을 알게 될 것이라고 말했다.

그는 자신의 부족함을 드러내고 솔직히 말하는 것이 무능함이 아니라는 부분에 크게 안도하면서 이야기를 해보겠다고 말하였다. 꼭 부족함을 드러내는 것이 아니라도 말하는 것 자체에 불편감이 있다고 하였지만, 그녀를 사랑하는 만큼 노력해 보고 싶다고 말하였다.

그는 혼자만의 생각에 빠져서 함께 연애할 기회를 잃어가고 있었던 것일지 모른다. 그 과정에서 어긋나버린 태도로 혼자만 사랑하고 있다고 느끼기까지 하였다.

생각보다 많은 사람이 이렇게 혼자만 사랑하고는 한다.
그것을 멈추는 방법은 자신만이 아니라 상대도 돌아보는 것이다.
그것이 혼자만 사랑하지 않는 법이다.

사랑했고
사랑하고
앞으로도 사랑할
너와 나라는 단어를 이어
말이 되게 하는 곡선

#혼자만_사랑하지_않는_법

17

관계를
악화시키는
애정표현

표현은 누구에게나 중요하다. 하지만 어떤 표현은 오히려 관계를 악화시키기도 한다. 그것이 그녀가 남자친구와의 관계가 헤어지기 직전까지 몰린 이유였다.

처음 그녀의 사연을 접했을 때 그녀는 다급하고 절박해 보였다. 그녀는 짧은 연애를 많이 했는데 그때마다 단 한 번의 다툼으로 어김없이 관계가 끝나버렸다고 한다. 그중에서는 주변에서도 "그런 일 때문에 너한테 헤어지자고 하는 게 말이 돼?"라는 반응이 있을 정도의 사소한 일로 인한 다툼으로 헤어진 경험도 종종 있다고 했다.

모든 연애가 그렇게 끝나자 자신이 사람 보는 눈이 없는 것인지 혹은 자신에게 여성으로서의 매력이 없어서 작은 갈등에도 상대가 더 이상 노력하고 싶게 만들지 못하는 것인지 의문을 가지며 사랑받는 방법에 대한 글과 영상 그리고 애정운을 올려주는 아이템 등을 구매해서 착용하는 등 다양한 시도를 해보았다고 한다.

하지만 그 모든 것은 헛된 노력이었고 지금의 남자친구와도 최근 분위기가 좋지 않은 듯해서 이러다가 자칫 또 한 번의 다툼으로 차이게 되는 건 아닌지 걱정하였다. 그녀는 이제는 결혼을 생각해야 하는 나이이기에 더 이상 짧은 연애는 싫다고 덧붙였다.

그녀는 반복적인 이별의 원인이 자신이 사랑스럽지 않아서라고 판단하는 듯해 보였다. 하지만 앞서 언급한 정도의 노력이나 사연을 통해 판단한 그녀의 모습은 사랑스럽지 않아서는 아닌 것으로 보였다. 외모나 데이트할 때의 행동 등을 놓고 보면 특별하게 모자라거나 혹은 비호감이 될 만한 것이 없어 보였기 때문이다.

하지만 그녀에게는 결정적으로 부족한 것이 있었다. 그것은 바로 인정을 기반으로 한 애정 표현이 없고 그냥 좋음을 위한 애정 표현만 존재했다는 것이다. 그녀는 기본적으로 활발한 성격에 주변인에게도 애교가 많은 편이라는 평을 많이 듣고는 했다고 한다.

그래서 남자들과 사귀게 되는 이유도 그녀의 애교스러운 면 때문에 시작하게 되는 경우가 많았다고 한다. 하지만 전반적으로 귀여움을 위한 혹은 서로 사랑을 말하기 위한 부분을 제외하고는 그녀는 남자친구에 대한 어떤 표현도 하지 않은 것으로 보였다.

상담 시간 동안에도 자신이 어떻게 보이려고 어떻게 했는지가 중점이었지 상대가 어떻게 보이기에 어떻게 했다는 부분은 매우 적었다. 그조차도 상대가 자신에게 어떻게 했을 때 어떤 반응을 했다는 것에 지나지 않았다.

애정 표현을 그녀의 관점에서 일방적으로 상대방에게 던지기만 한 것이라고 봐도 무방했다. 그러다 보니 연애를 시작하면서 상대도 그녀에게 웃게 해주고 싶고 멋지게 보이고 싶고 나름의 표현한 것에 반응을 받고 싶기도 했던 순간들을 놓치고 만 것이다.

그런 그녀는 상담 시간 동안 필자의 설명에 인터넷에서 애정 표현을 잘하는 게 중요하다고 해서 애교나 웃겨주는 것만 생각했는데 그의 반응을 돌려주거나 그의 노력을 인정해 주는 것도 애정 표현이라는 것에 매우 놀랐으며 자신의 그간 행동을 후회하게 되었다고 한다.

그녀가 그렇게 단기간에 헤어지게 된 원인은 그런 일방적임과 상대 또한 함께한다는 느낌이 없었던 것에서 비롯된 것이었다. 그러다가 어떤 이유로든 다투게 되면 그녀로서는 자신은 엄청 많이 노력했다는 사실에 애쓴 감정이 서운함과 억울함이 되어서 상대에게 감정을 크게 터트린 것이고 상대의 입장에서는 모든 표현이 다 자신을 기준으로만 하는 여자라고 판단해서 헤어짐을 빠르게 결심한 것이 그녀가 연애하고 헤어지게 된 과정이다.

상담 이후 남자친구에게 그 부분을 말하였고 남자친구는 그것이 정말 답답했던 부분이었다면서 그녀에게 알아줘서 고맙다고 하였다고 한다. 그녀는 이제 잘못된 애정 표현에서 벗어난 첫발을 내디딘 것이다.

애정 표현과 같은 연애 방법을 글로만 배울 때의 문제점은 좋다고 생각되는 예시를 자신의 연애에 그냥 끼워 맞추게 된다는 것이다. 자신의 상황을 생각하지 않고 글에서 본 대로만 하다가 노력을 안 한 것만 못한 상황이 된 것이다.

그러지 않도록 자신의 상대를 글보다 더 들여다보아야 한다.

사랑이란 이름 뒤에 숨은 그림자가
빛바랜 자신뿐일지도 모르는 일
바래진 혼자보다
정오의 햇살을 함께 맞아
빛이나는 말간 하나의 웃음이길

#관계를_악화시키는_애정표현

18

사랑이
오래
되면

그녀와 남자친구는 7년째 연애중이라고 했다. 어릴 때부터 사귀었던 그들은 여러 가지 상황에서도 서로의 곁을 지키면서 주변의 부러움을 사면서 연애를 이어왔다고 했다. 그렇기에 그들은 마치 부부와 같다고도 서로 생각했다고 한다.

그녀의 고민은 지금의 이 상태가 영원히 간다면 둘의 관계가 건조해지지 않을까하는 걱정이 있다고 한다. 결혼만 하지 않았을 뿐 양가의 부모님과도 서로 가깝게 지내고 있고 동거도 시작한지 오래 되어서 서로의 일상생활의 장단점도 알고 있으며 적응이 끝난 상태라고 하였다.

오래 사귀고 이미 부부 같은 커플의 사연을 가끔 접할 때가 있다. 어떤 이유로든 아직 치르지 못한 결혼식이라는 형식적인 형태만 남아있을 뿐 이후가 지금 상태로 유지되는 것과 그 상태를 건조하지 않게 잘 이어갈 수 있을까에 대한 걱정이 상담 신청의 주된 이유다.

누구나 안정적으로 오래 사랑하는 것을 꿈꾼다. 하지만 그것이 실제로 이뤄지고 나면 그때도 나름의 불안이 생기기 마련이다. 이런 경우에는 가장 필요한 것이 자연스럽게 질서를 잡게 된 부분 중 일부분을 다시 허물어내는 노력이 필요하다.

오랜 커플의 고질적인 문제는 일상적인 것에서 벗어난 시간을 가지는 것도 규칙성을 띤다는 것에 있다. 결과적으로 일탈이 아닌 그냥 잠깐 기분전환의 개념에 가깝다. 그러므로 이 경우에는 '함께할 수 있는 새로운 것'을 찾는 것이 아닌 '혼자 할 수 있는 새로운 것'에서 출발해야 한다.

어떤 집단에 소속될수록 개인은 축소되는 경향이 있다. 그것은 소규모 집단인 연인 관계에서도 두드러지게 나타나는 특징이다. 둘의 관계 혹은 둘과 관련된 사람과의 관계를 맺으면서 개인적인 부분을 축소하게 되거나 포기하게 되는 일이 늘어난다.

단적인 예로 부부가 되고 아이가 생겨나면 아이를 중심으로 삶이 흘러가기 때문에 정말 삶에 필요한 부분을 제외하고서는 혼자로서 활동하게 되는 부분들이 대폭 축소하게 되는 것을 보면 집단이 생김으로써 개인에게 주는 영향을 알 수 있다.

따라서 오랜 커플로 가기 위해서 혹은 오랜 커플이 서로와의 시간을 더 잘 다져나가기 위해서는 혼자만의 할 거리가 필요하다는 것이다. 그리고 그것은 함께라는 이름이 익숙한 커플에게 삶의 균형을 잡아주는 역할을 할 것이다.

이 이야기를 꺼내자 그녀는 중요성에 대해서는 수긍했지만, 그간 함께하는 새로운 것은 시도를 많이 해봤는데 혼자서 하는 것은 해보지를 않아서 어색하다고 말하였다. 특별하게 좋아하는 것이 없으며 즐겨서 하는 취미라고는 다 연인과 함께했기 때문에 막상 혼자 하려고 하면 어떤 것을 해야 할지 모르겠다고 하였다.

그런 그녀에게 꼭 대단한 것이 아니어도 괜찮다고 말하였다. 단순히 혼자서 잠깐 산책하러 간다거나 마트에 쇼핑을 한다거나 하는 것들만 해도 괜찮다고 답하였고 그녀가 그런 시간을 보내는 만큼 남자친구도 똑같이 그 시간에는 혼자만의 할 거리를 찾아서 시간을 보내는 게 필요하다고 이야기하였다.

물론 그 혼자만의 시간이라는 것에도 합의는 있어야 한다. 그냥 무작정 새로운 것을 찾기 위해서 혼자만 많은 시간을 몰입하다가는 그간 쌓아놓은 안정이 너무 많이 허물어질 수 있기 때문이다. 그래서 짧게는 한 시간 길게는 몇 시간 정도로 서로가 합의하고 그 합의된 시간 동안 따로 한 것을 다시 함께하는 시간 동안 공유하는 것이 필요하다.

그런 태도는 서로에게서 많이 사라진 신비감을 만들기도 한다. 각자가 나와 함께하지 않은 공간에서 상대방이 경험한 일을 나누게 되는 것이고 그것은 익히 해온 활동이라도 신선함을 불러일으키기 때문이다. 또한 흥미로운 활동일수록 서로 간에 어느 정도 고갈된 대화 주제를 만드는 역할도 한다.

그녀는 이후 남자친구와 협의해서 한 시간씩 각자의 시간을 보내기로 하였고 그녀는 자기계발 그는 취미생활을 하는 것으로 조금씩 다른 시간을 보내면서 마음속 불안함이 많이 사라지고 둘의 관계도 한층 더 재미있어졌다고 한다.

만일 사랑이 오래되어서 불안하다면 혼자로서의 자신을 돌아보길 바란다. 그 모습에서 둘의 새롭고 더 발전한 사랑이 시작될지 모르니 말이다.

연리지처럼 삶을 지배한 시간이 길어도
이따금 내리는 비가 주는 생명과
내리쬐는 태양의 활력은
너도 나도 어느 잎 빠트리지 않고
하나 하나 받아들여야해
그래야만 서로를 향해 계속해서
뻗어갈 수 있도록 만드는 힘이 되니까

#사랑이_오래되면

19

결혼해도
좋은
사람

그녀는 남자친구와의 연애가 만족스럽지만 결혼 시기가 다가오면서 그에 대한 막연한 의문과 불안이 생겼다고 한다. 그 이유는 그가 연인으로서는 충분히 좋은 사람이지만 결혼을 생각했을 때는 확실히 잘 모르겠다고 느끼는 부분도 있어서라고 했다.

두 사람은 같은 회사에서 만나서 친해지고 사귀게 되었다고 한다. 또한 두 사람은 특별하게 서로 경력을 쌓고 이직해야겠다는 생각보다 지금처럼 적당한 회사에서 오래 다니고 싶은 생각이 맞는 부분도 있어 좋았다고 했다.

다만 그렇다 보니 서로의 상황과 미래 전망에 대해서도 잘 아는 만큼 연인으로서 느껴지는 애정과 재미만큼 현실적인 부분에서의 전망도 선명하게 보인다는 문제점이 있었다. 그녀의 고민은 그런 현실적인 부분 때문에 서로 결혼하게 되면 만족하지 못할까 봐 걱정이었다.

결혼해도 좋은 사람에 대해서는 연애 전부터 많은 사람이 생각하는 부분일 것이다. 저마다의 기준이 있으며 그 기준에 어느 정도 맞지 않으면 시도조차 하길 꺼리거나 결혼을 가정한 진지한 만남은 가정하지 않고 만나는 경우가 있다.

이렇게 된 것에는 아무래도 혼인하는 수와 이혼하는 수를 비교해 보면 해가 지날수록 긍정적인 부분이 많이 보이지 않아서도 있을 것이다. 아울러서 우리가 흔하게 접하게 되는 모든 매체에는 이상적인 삶의 기준을 지나치게 높게 만드는 요소들이 있어서 그것이 결혼을 가정한 연애를 했을 때 조건을 더 보게 만드는 이유가 되기도 한다.

물론 무조건 결혼을 가정한 연애가 이렇게만 흘러가는 것은 아니다. 여전히 서로의 처지를 생각했을 때 어렵더라도 함께 이뤄내는 것에 더 의의를 두고 함께 나아가는 커플도 있을 것이다. 하지만 그렇게 하기에는 많은 용기가 필요하다는 것도 부정할 수 없는 사실이다.

그녀의 경우에는 그런 용기가 필요해진 상황이었다. 남자친구에게 결혼에 관한 생각을 이야기해본 적이 있냐고 물었다. 그녀는 이야기를 해본 적이 있는데 남자친구의 경우에는 결혼하고는 싶지만, 현실적으로 모아둔 돈이 그렇게 많지 않아서 그녀의 가족에게 좋게 보이지 않을 것 같다고 우려했다고 한다.

현실적인 조건 외에도 그녀가 그를 결혼 상대로서 좋은 사람인지 아닌지 걱정하게 되는 이유가 있는지 물었다. 하지만 그녀는 그런 현실적인 것을 제외하면 그가 충분히 괜찮은 상대라고 말하였다 그와 함께하는 시간 동안 항상 즐겁고 그가 함께해서 회사 생활도 더 힘을 낼 수 있다고 말했다.

그런 것을 미루어 짐작해 보면 그녀에게는 그가 어떤 특정 조건을 딱 갖추기를 원하는 것으로 보이진 않았다 그저 둘의 미래가 추상적인 부분들이 있으므로 그 부분만

선명해져도 좋겠다는 생각이 있었던 것으로 보였다.

그녀에게는 그가 결혼하기 좋은 사람인지는 다른 커플이나 혹은 세상의 기준과는 달리 그녀 자신이 만드는 것이라고 이야기해 주었다. 둘의 앞날은 그가 어떤 사람인지에 대한 문제가 아니라 그녀가 그를 어떤 사람으로서 받아들이고 확고하게 입장을 정하는지의 문제라고 할 수 있을 것이다.

그런 만큼 그녀에게 현실을 아는 만큼 막막하게 생각하더라도, 더 나아가서 둘 중 어느 하나 현실적인 성장이 힘들거나 원하지 않더라도 함께하는 것을 원한다면 충분히 서로는 결혼하기 괜찮은 사람일 것이다.

결혼하기 좋은 사람을 찾거나 생각하고 있다면 딱하나 놓지 못하는 기준을 정해 보라 그것이 상대의 성격일 수 있고 넉넉한 환경일 수도 있다. 전부 다 좋으면 좋겠지만 그럴 수 없다면 부족한 부분에서 생기는 불안보다 내가 생각한 딱 한 가지만을 계속 바라볼 확신을 가지는 관계를 맺도록 노력하는 것이 필요하다.

전체로는 부족하지만 부분만으로는 완벽한 짝과 함께하는 그녀처럼 이 책을 읽는 이들이 자신만의 '결혼하기 좋은 사람'을 만나 행복해졌으면 좋겠다.

까무룩해지는 자정의 창틀 사이로
비온 뒤 보랏빛 밤을 닮은 손짓
도깨비불에 홀리듯 너에게로 걸어가
맞잡은 두손에 선명해지는 시야
같이 딛어야 환해지는걸 깨닫는 순간
다시금 멀리 빛나는 우리

#결혼해도_좋은_사람

20

연인이라면
꼭 봐야 할
방향

사랑이 오래가려면 어떻게 해야 하는지 질문을 종종 받고는 하는데 그녀의 질문은
조금 더 구체적이었다. 사랑이 오래가기 위해서 해야 하는 것과 그것을 어떻게 계속
유지할 수 있을지에 관한 질문이었기 때문이다.

그녀는 그간의 연애 경험을 통해서 다양한 노력을 했다고 한다. 하지만 그 어느 것
도 그 순간의 안정을 가져다줄 뿐 근본적인 해결 방법은 아니었다고 말했다. 분명한
것은 그런 노력이 잘 안되었다고 비관적으로 생각하진 않았다는 것이다.

다만 그녀는 일시적인 노력을 다양하게 오랜 시간 동안 어느 한쪽이 해야 사랑이 오
래갈 수 있는 것인지 혹은 서로 노력하는 연인을 처음부터 만나는 안목을 길러야 하
는 것인지 잘 모르겠다고 말했다. 지금의 연애도 그녀는 남자친구를 이해하고 서로
좋게 지내기 위한 다양한 노력을 하는데 그걸 계속해야 하는지 의문이 들었기 때문
이라고 한다.

연애 중 노력을 많이 하는 스타일이라면 어느 시점쯤에는 그 노력에 대한 피로감이
생기기 마련이다. 노력은 그만큼의 영향과 보상을 확인해야 더 하고자 하는 힘이 생

기기 마련인데 연애와 같은 인간관계에서는 그것이 일정하지 않고 관계의 특수성 때문에 감정적인 부분도 엮이게 되어서 계속된 노력에 대한 동기부여가 쉽지 않은 것이 사실이다.

그 결과 오래 사랑하기 위해서 하는 노력이 빨리 지치게 되는 원인이 되어서 사랑이 끝나고는 한다. 그러면 결국 노력 자체를 비관적으로 생각해서 다음에는 그렇게 하지 않겠다고 다짐하거나 혹은 받는 연애만 하겠다는 식으로 삐뚤어지는 일도 있다.

이런 상황에 빠지지 않고 사랑이 오래가게 하는 방법은 얼마나 더 배려하고 이해하려고 하는가의 노력이 아니라 얼마나 같은 방향을 보는가에 좀 더 신경 쓰는 것에 있다. 물론 그렇다고 배려나 이해가 가치가 낮다는 것이 아니다. 다만 그것이 빛을 보는 순간은 서로가 같은 방향을 보고 있을 때라는 것이다.

연애를 시작할 무렵을 돌이켜보면 상대가 무엇을 좋아하는지 알고 싶어 하고 동질감을 가지기 위해서 상대가 좋아하는 것을 나도 좋아하려 노력하거나 최소한 그런 척이라도 한다. 그렇게 같은 방향을 바라보면서 시작하게 된다.

하지만 시작하고 난 이후에는 그런 노력보다 서로만을 바라보는 것에 중점을 더 두는 경향이 있다. 얼마나 상대가 나에게 이전만큼 혹은 이전보다 더 무엇을 하였는지가 사랑을 측정하거나 혹은 둘의 관계가 어떤 것을 했다는 것으로 나아간다. 마치 세상의 중심이 서로인 것처럼 말이다.

연애를 시작하면 그런 느낌에 사로잡히고 얼마간은 정말 그렇게 세상이 돌아가는 경험을 하게 되는 것도 사실이다. 하지만 기존의 자기 삶의 중심이 무엇이었든 그것을 벗어난 연인 중심의 삶을 계속해서 유지한다는 건 너무나도 급진적인 변화이기에 대체로 오래가기 힘들다는 것이다.

따라서 사랑이 오래가려면 서로가 원래 바라보던 방향에 대해서 함께 존중하고 그 방향을 함께 바라봐 주는 것이 필요하다. 이루고 싶은 꿈 누리고 싶은 삶 등 다양하게 서로가 바라보던 것들이 있을 것이다. 그것을 충분히 많은 대화를 통해 공유하고 그 방향으로 나아가는 서로를 응원하고 때로는 함께 간다는 느낌도 전하면서 갈 필요가 있다.

그렇기에 그녀에게도 같은 방향을 바라보는 것을 시작으로 몇 가지 조언하였다. 우선은 남자친구도 자신도 얼마나 삶을 잘해 나가기 위해서 노력했으며 그 방향을 서로가 얼마나 인정하고 응원하는 시간을 가졌는지 생각해 보는 시간을 가지고 부족했다고 느낀다면 그것을 언급해서 같은 방향을 바라보는 느낌을 만들어 내는 시간을 가져보라고 조언하였다.

이후 그녀는 그냥 잘 지내기 위해서 노력할 때보다 한층 더 진지한 시간이 되었고 서로가 안다고 생각했지만 의외로 몰랐던 부분도 알게 되어서 더 관계가 깊어진 것 같다고 하였다. 그런 노력을 이어가서 그녀는 결국 그와 결혼하게 되었는데 그런데도 서로의 새롭게 설정된 방향을 함께 보는 노력을 멈추지 않겠다고 알려왔다.

사랑을 오래가게 하는 것은 결국 관심이다. 우리 이전에 각자가 있으며 그 각자를 잘 지켜주는 것이 사랑일 것이다.

비커에 부어 가늠하는 마음
눈금의 높이를 알아야 한다면
이미 마음이라 부를 수 없음을 알기에
내 속의 뭉그러진 수를 엎어버린 뒤
흘러나온 마음이 가는 방향대로 따르길

#연인이라면_꼭_봐야_할_방향

21

당신도
누군가의
사랑이기에

당신의 연애는 어쩌면 흔한 이야기일지 모른다. 누군가를 만나고 사랑에 빠지고 흔한 사랑을 이야기하고 흔한 아픔을 이야기할지 모른다.

하지만 그것은 또 한편으로는 흔한 이야기가 아닐 것이다. 지나간 시간의 편린을 들여다보면 그 안에는 분명 특별한 추억이 가득할 것이기 때문이다.

그렇기에 당신의 사랑은 포근함이 느껴 나른한 봄날의 오후 같은 행복힌 그 순간에도, 꿉꿉하고 우중충하고 공기조차 답답한 여름의 장마철과 같은 우울한 순간에도 흔한 만큼 남들의 이야기에 울고 웃고 특별한 만큼 소중하고 기대하게 되는 것들로 가득 차 있을 것이다.

또한 오늘이 좋지 않았다고 해서 내일도 좋지 않을 거라 생각하지 않았으면 좋겠다. 또한 오늘은 좋았지만, 내일은 좋지 않을 수도 있을 거라고 미리 걱정하지도 않았으면 좋겠다. 그저 당신이 연인이 행복했으면 하는 마음만큼 연인도 당신이 행복했으면 한다는 마음으로 나날을 보냈으면 한다.

당신의 사랑은 우연한 행운이 아니다. 오랜 시간부터 크고 작은 일들이 켜켜이 쌓여 지금 당신의 앞에 당신의 연인을 데려다준 것이다. 그렇기에 또 지금의 순간이 쌓인다면 연인과 당신의 사랑이 만들어낸 무언가와 마주할 것이다.

그렇기에 마음이 식어 사랑을 잃을까 걱정하지 않아도 괜찮다. 오히려 훗날 마주할 당신과 연인의 사랑 결실에 대해서만 생각해 보길 바란다. 그 결실을 생각하며 설레면서 사랑했으면 좋겠다.

혹시나 이 모든 말이 이상적으로 들리더라도 꼭 기억했으면 좋겠다. 언젠가 사랑이 고달파 마음이 꺾일 것 같아도 지금 기억한 이 말이 조금의 힘이라도 낼 수 있게 할 테니 말이다.

당신은 당신이 생각하는 것보다 더 사랑스러운 사람이다.

봄날의 포근한 분홍빛 같은
여름날의 생생한 초록빛 같은
가을날의 은은한 노을빛 같은
겨울날의 찬란한 푸른빛 같은

사시사철 사랑스러운 사람이다.

그리고 그런 당신을 알아보는 누군가의 사랑이다.

내내 목놓아 울던 장마로 젖었다가
해사한 얼굴로 청량함을 비춘 나날
이토록 열병처럼 앓아낸
지독한 여름을 머금어 본 당신이라면
실려오는 벚꽃 엔딩도 만끽하고
돌아오는 가을 냄새에 눈물겹고
눈 시리는 겨울도 녹여 낼 것이다

#당신도_누군가의_사랑이기에

Chapter
03

이별·재회
Farewell · Reunion

함께여서 소소함에 환했고 혼자여도 사소함에 빛났다

01

장기 연애가
좋은 것만은
아닌 이유

그녀가 말하길 두 사람은 늘 주변에서 본보기로 삼는 커플이었다고 한다. 그 이유는 두 사람은 고등학교 시절부터 사귀어왔는데 30대를 바라보는 지금까지 권태기 한 번 없이 늘 서로에게 다정다감했고 주변에서도 그들이 변함없이 서로를 챙기는 모습을 동경했다고 그녀는 말했다.

그랬던 두 사람이 헤어지게 된 이유는 둘의 배경 차이 때문이었다. 둘은 함께한 기간만큼 서로에 대해서 잘 알고 있었고 양가의 부모님들도 둘의 교재를 오래전부터 알고 있었기에 둘은 자연스럽게 때기 되면 결혼할 것이라고 생각했다고 한다.

하지만 막상 결혼을 하기 위해 형식적이라고 생각했던 승낙을 받으려던 그때 모든 것은 틀어졌다고 한다. 남자친구의 앞에서는 늘 그랬듯 다정한 연인의 부모님으로서의 모습을 보이며 신중했으나 남자친구가 돌아간 이후 그녀에게 오래 사귄 것은 알겠는데 좀 더 결혼은 신중한 것이 좋지 않겠느냐고 말했다고 한다.

부모님이 그렇게 말하는 것은 그의 환경을 놓고 봤을 때 돈이 많고 적음의 문제도 문제지만 그의 부모님은 늦은 나이에 늦둥이로 그를 낳았으며 그는 외동아들이라는 것에 마음이 걸려 했다는 것 같아 보였다.

더군다나 그의 직업은 소방공무원이었는데 그가 현장으로 갈 때 그를 걱정하는 그녀의 모습에 부모님은 마음이 좋지 않았다고 말을 했다고 한다. 그녀는 그런 부모님의 말에 이미 오래전부터 알고 있었던 것들을 왜 갑자기 문제 삼느냐고 이야기했으나 그녀의 부모님은 결국 결정은 그녀가 하는 거고 우리도 마음의 준비를 했지만 그래도 막상 현실로 다가오니 좀 더 신중했으면 좋겠다는 차원에서 그녀에게 말했다고 한다.

여기까지 들어보면 충분히 부모라면 충분히 할 수 있는 선에서 이야기를 했을 뿐이라는 생각이 들것이다. 하지만 그 이후 본격적으로 상견례 일정을 잡으려 하는 과정에서 그녀의 부모님들은 그녀에게 직접적으로 반대하진 않았지만 그녀를 볼 때마다 불편한 기색을 내비쳤다고 한다.

그로 인해 가시방석과 같은 나날을 보내던 그녀에게 그녀의 아버지는 그냥 한번 만나라도 보라며 선 자리를 알아왔고 그 사람은 분명 배경적으로 엄청 넉넉하지 않아도 지금의 남자친구랑 비교했을 때 어느 정도는 더 괜찮지 않을까라는 생각이 들게 하는 사람이었다고 한다.

하지만 그녀가 선 자리에 나가는 일은 없었다고 한다. 그녀는 부모님이 남자친구와 알고 지낸 시간이 있는데 남자친구를 앞에서 대하는 것과 뒤에서 대하는 것이 너무 다른 모습에 처음에는 부모로서의 입장을 생각해서 부모님의 반응을 이해했지만 선 자리를 알아온 순간에서는 무섭기까지 했다고 한다.

그런 그녀는 시달려도 자신만 시달리고 결혼을 하게 되면 인정받을 거라는 생각에 상황이 힘들어도 꼭 참고 과정을 밟아나가려고 했다. 하지만 결국 상견례 자리에서 부모님들은 그의 부모님들에게 우려된다는 뜻에서 말하는 것이라고 하며 상견례 내내 서로의 마음을 불편하게 하는 말들을 꺼내어놓았다.

결국 그 일을 계기로 두 사람도 처음으로 크게 다투게 되었고 그렇게 긴 연애가 허무하게 끝나버렸다고 한다. 주변에서는 아직 나이가 많지 않으니 반대하는 결혼보다 더 조건 맞는 사람을 만날 수 있다고 시간 지나면 잊힐 거라고 했지만 그녀는 여전히 그를 잊을 수 없기에 이런저런 상담소를 찾다가 필자에게 찾아오게 된 것이다.

그와 그녀는 헤어졌고 아직 어느 정도는 연락을 하고 있다고 한다. 그런 그녀에게 우선적으로 그와 다시 만나서 무엇을 포기하게 되더라도 역경을 뚫고 나갈 것이 아니라면 그를 위해서라도 그와는 단절하라고 조언했다.

지금의 상태로는 마음만 더 애틋해지고 상처받을 뿐 나아지는 것이 없기 때문이다. 두 사람은 부모님이라는 넘지 못할 벽을 마주한 것으로 생각해서 한계에 닿았다. 하지만 정말 놓지 못하는 것을 가지려 할 때 넘지 못할 벽이 있다면 그 벽 자체를 버리거나 혹은 부수고 나아갈 용기는 필요하다.

그녀는 아직 선택을 내리진 못한 상태이다. 하지만 그녀는 괜찮아질 것이다. 그녀는 정말 그녀가 향해야 할 방향이 무엇인지 제대로 확신하기 시작했기 때문이다. 넘지 못할 벽은 무너질 것이다.

어린아이에겐 높은 선반 위
사탕 단지가 놓여 있고
거길 야무지게 타고 올라
달콤함을 맛볼 줄 알았겠지
오히려 선반이 쏟아져서
아이를 다치게 하곤 하더라
당연하지 않다는 건 그런 거더라

#장기_연애가_좋은_것만은_아닌_이유

02

더 사랑하게 되어도
달라지지
않을 때는

"나를 더 사랑하면 달라지지 않을까요?" 그녀는 그가 자신을 덜 사랑해서 문제가 반복해서 발생하는 것이라 믿었다. 온라인상에서 연애 고민을 보다 보면 더 사랑하면 혹은 더 이상형이라면 달라지지 않을까에 대한 말을 하는 것을 심심찮게 볼 수 있을 것이다. 그녀도 그런 질문을 하는 사람 중 한 명이었다.

사람들은 그런 질문에 있어서 냉소적으로 '사람은 변하지 않는다' '사람은 고쳐 쓰는 것이 아니다'라는 식의 말을 하면서 '달라지지 않는다' 쪽에 더 무게 추를 둔다. 반복되는 문제라면 더욱더 확신을 하게 된다. 필자도 그런 사람들 중 한 명이다.

하지만 여기서 생각해 보아야 할 것은 상대가 달라지지 않는다는 것을 판단하는 것이 전부면 안 된다는 것이다. 그렇게 생각하는 그녀 또한 달라지지 않을 것이냐는 것이다.

대개 나쁘다고 판단되는 쪽의 변화 여부만 생각하는 경향이 있는데 만일 그 사람을 선택한 쪽 또한 그런 생각이 달라지지 않는다면 그때부터 고민을 듣는 사람들은 피로감을 느끼게 된다.

흔히 좋지 않은 대우를 받으며 연애하는 사람에게 '자기가 선택한 것'이라는 측면에서 사람들은 그 처지에 놓인 사람을 앞에서든 뒤에서든 비난하는 경우가 있다. 그녀도 그래서 자신의 고민을 친구나 주변에 말하다가 그런 답변이 돌아온 이후에는 제대로 말하기가 힘들었다고 한다.

필자는 그녀에게 그렇다면 그가 원하는 이상형이 되거나 혹은 그가 더 사랑하게 되었는데도 변하지 않으면 그때는 어떻게 할 것인지 물었다. 그녀는 잘 모르겠다고 답하였다.

그런 그녀에게 우선은 더 나은 사람이 되거나 혹은 더 좋은 환경을 만들면 달라질 거라는 가정은 미뤄두라고 말했다. 또한 생각해 볼 것은 계속해서 그가 달라질 거라는 믿음을 가질 것인지가 중요하다는 말을 덧붙였다.

왜냐하면 그녀가 그가 달라질 거라고 믿는 정도에 따라서 두 사람의 관계는 헤어지느냐 아니냐가 확실하게 결정되기 때문이다. 계속 믿을 경우에는 힘들어도 함께하면서 적응할 방법을 찾겠지만 그게 아니라면 그냥 헤어지면 되는 주변에서 고민에 답하며 말하는 그저 좋은 사람을 찾는 결말로 필연적이게 향하게 되기 때문이다.

때문에 그가 지금 시점에서 달라질지 아닐지는 정확히 모르지만 달라지지 않을 가능성이 높은 것은 부정할 수 없는 사실이고 그의 그런 모습으로 인해서 고통받고 있다면 우선은 이 문제를 끌고 나갈 힘이 어느 정도 남아 있는지 확실하게 인지하는 것이 필요하다.

그녀는 그렇다면 바뀔 거라고 믿고 계속 버틴다면 그가 바뀔 가능성이 있냐고 필자에게 질문했다. 그 질문에 계속 버티기만 한다면 조금이라도 바뀔 가능성은 생기지 않는다고 답하였다. 버티는 것이 아니라 믿고 적응해서 익숙해져야 가능성이 생긴다고 답을 하였다.

근본적으로 달라지지 않는 것은 정말 달라지지 않는다. 다만 그 위에 무언가를 덧대듯 상황이나 생각이 덧대어지게 되면 어느 정도는 달라진 것처럼 보이는 삶을 살 수는 있다. 우리가 사회생활을 할 때 마음 내키는 대로 행동하지 않는 것과 같은 이치라고 생각하면 된다.

그러기 위해서는 어떤 형태로든 자신의 입장을 확고하게 해야 한다. 그가 달라질 거라고 믿는다면 우선은 그라는 사람의 그런 면조차 온전히 받아들여야 한다. 그것이 내게 고통이나 불편감을 주더라도 받아들이고 적응하다 보면 그가 꼭 바뀌지 않아도 괜찮아지거나 혹은 나의 그런 모습에 그도 나에게 맞춰서 조금은 태도가 달라질 수도 있다.

관계에서 일어나는 상호작용을 생각한다면 달라지길 요구만 한다면 결국에는 안 맞는 사람으로서의 인식만 키울 뿐이다. 하지만 참는 것이 아니라 받아들여주는 쪽으로 나아간다면 상대도 나를 이해하는 만큼 관계를 이어가고자 한다면 불편을 최소한으로 만들고자 할 것이다.

그 이야기를 들은 그녀는 우선적으로 자신이 언제까지 그가 달라질 거라고 믿을 수 있을지는 모르겠지만 노력해 보겠다고 하였고 지금까지 그녀는 그를 받아들이는 노력을 해나가고 있다. 부디 그녀의 마음이 그에 대한 믿음으로 자리 잡아 편안해지길 바라본다.

어느 순간 어항 같던 집을 벗어난
인어공주의 마음을 알 수 있을까
내가 그만큼 바라는 게 있다면
물거품이 되는 것도 받아들이는
바다를 품어야 가깝게 다가갈 수 있어

#더_사랑하게_되어도_달라지지_않을_때는

03

반복되는
이별을
겪는 이유

그는 몇 번이나 헤어지고 다시 만나고를 반복했다고 한다. 그때마다 여자 친구는 자신을 잡았고 그녀의 간곡한 말에 흔들려서 그는 어쩔 수 없이 아닌 것을 알면서도 다시 받아주었다고 한다.

그가 생각하는 두 사람의 문제점은 서로의 성격차이보다도 자신이 단호하지 못한 것에서 만들어지는 상황이 문제라고 생각했다. 그래서 단호하게 상대를 거절하고자 상담을 신청한 것이다. 그에게 있어서 그녀는 이제 더 이상 여자친구라고도 보이지 않을 정도로 그녀에 대한 생각은 없어 보였다.

결국 헤어지지 못해서 잡고 있는 모습이었고 너무나도 지쳐서 정말 그만했으면 좋겠다는 생각을 가진 사람처럼 보였다. 그의 주변에서는 그냥 못 만나겠다고 말하고 흔들면 차단하거나 거절하면 되는 거 아니냐는 조언을 했다고 한다. 보통 누구나 이 이야기를 들으면 그렇게 말했을 것이다.

그가 그들의 조언대로 안한 것은 아니다. 전화나 메신저 차단도 걸고 그녀를 회피해 보기도 했다. 하지만 두 사람 사이에는 어느 정도 공통된 지인이 존재했고 그럴 때마다 그녀는 그들을 이용해서 혹은 갑자기 집 앞에 나타나는 등 꽤 사람을 곤란하게 만드는 방식을 취해서 그는 더 이상 주변인들에게 민폐를 끼치거나 그녀가 더 극단적으로 행동할까 두려워 그녀의 행동을 다 받아줄 수밖에 없었다는 것이다.

그녀가 그 정도라면 단순히 단호하지 않아서 발생하는 문제는 아닌 것으로 보였다. 또한 단호하게 말한다고 해서 해결될 것으로 보이지도 않았다. 그렇다면 남은 것은 둘이 잘해보도록 노력하는 것인데 그는 그럴 생각이 전혀 없어 보였다.

그의 이야기를 들었을 때 두 사람이 함께하기 힘든 이유는 그녀의 감정 기복에 따른 행동의 차이로 보였다. 기분이 좋을 때와 아닐 때의 심한 차이 때문에 그녀와 함께하는 동안에는 계속해서 불안정한 상태로 만남을 이어왔다고 한다.

또한 그녀도 그와 맞지 않다는 것을 어느 정도는 잘 알고 있지만 당장에 그와 헤어졌을 때 느껴지는 슬픔을 감당하기 힘들어서 그를 붙잡는 것도 있다고 그에게 말했다고 한다. 그 이야기를 듣고는 필자는 그와의 대화로는 그가 원하는 것을 이루어주기가 힘들 것으로 판단되었다. 따라서 그녀와 함께 상담을 받기를 권장했고 얼마 뒤 그녀에게 전달하여 그녀와도 상담을 하게 되었다.

상담 때 언급한 것처럼 그녀도 그와 계속 반복되는 이별에 그 사람과 자신은 잘 안될 것이라는 것을 느낀다고 하였다. 하지만 늘 강하게 마음먹어도 막상 헤어지면 그 막막함과 두려움을 어떻게 다스릴 방법이 없었다고 한다.

결국 두 사람이 원하는 것은 같았지만 한쪽은 마음이 약해서 한쪽은 이별이 주는 감정이 버거워 서로 떠나지 못하는 처지에 놓였던 것이다. 필자는 그런 두 사람이 서로에게 떨어지기 위해서 급진적인 행동 변경보다는 순차적인 변경이 필요하다고 조언해 주었다. 덧붙여서 그들의 상태는 서로가 도움이 될 수 없다는 것을 명시하였다.

우선은 연락 횟수를 줄이는 방식으로 변화를 시도하였다. 그녀는 이어져있다는 느낌을 받고 싶어서 크게 의미 없는 연락을 그에게 그동안 해왔고 그는 그녀와 다시 사귀기로 한 이상 적어도 또 다투기는 싫어서 적당히 답을 하였다고 한다. 그것을 바꾸어서 정말 용건이 있을 때만 연락하는 정도로 연락의 횟수를 줄이는 것을 권장했다.

그와 그녀는 이후에 만남부터 시작해서 많은 부분을 필자와 함께 조율해나갔다. 그렇게 점점 혼자에 익숙해지는 훈련을 하면서 그녀는 그에게 의존도가 낮아졌고 나아가서는 자신의 힘들었던 시기에 대한 이야기를 꺼내면서 정신적으로 회복하는 길로 나아가게 되었다. 그리고 그것이 어느 정도 익숙해질 무렵 그들은 진정으로 이별을 하게 되었다.

그와 그녀처럼 이별과 만남을 반복하는 이들이 있을 것이다. 그것이 당신일 수도 있고 당신의 주변인일 수도 있을 것이다. 단호하게 이별을 결정하고 행동할 수만 있다면 좋겠지만 그렇지 않다면 그들이 정말 이별하고 싶은지 아닌지를 먼저 확인하고 정말 이별을 원한다면 혼자가 되는 것을 도와보길 바란다.

무작정 단호한 이별을 말하는 것보다 더 도움이 될 테니 말이다.

사슬에 묶인 듯 모순의 고리를
끊어내지 못해 지쳐가고
힘없는 과거들이 쌓여가고
한숨이 머무는 입술을 바라보는 너
떠나는 마지막 키스를 하길 바라

#반복되는_이별을_겪는_이유

04

삶의
속도가
다를 때

그녀는 몇 년간 그의 시험을 지켜보며 성심껏 돌보았다고 했다. 하지만 그런 그녀에게 그는 더 이상 예전 같은 마음이 생기지 않는다고 말하며 이별을 말하였다고 한다. 하지만 그녀는 그의 그런 이별 통보가 갑작스럽지는 않았다고 한다.

그녀가 그의 이별 통보를 예상한 것은 그의 시험이 길어지면서 점점 그가 자신을 대하는 태도가 예전 같지 않음을 느꼈기 때문이라고 한다. 처음에는 빨리 합격해서 다음 단계로 나아갈 거라는 목표의식이 분명했고 그것에 대한 희망으로 가득 차있던 때의 그는 자신에게도 꽤 적극적인 태도로 연애를 리드했다고 한다.

하지만 생각대로 풀리지 않는 기간이 길어지면서 연락도 데이트도 스킨십도 애정표현도 점점 줄어들면서 그는 자신을 대할 때 자신감 또한 없어 보였다는 것이다. 그러면서 연애를 리드하는 건 어느새 그녀의 몫이 되었다고 한다.

물론 거기까지는 자신도 취준 기간에 경험해 보았던 조바심과 절망감을 떠올리며 그녀도 좋게 이해하고 성심껏 그를 대했다고 한다. 하지만 그녀도 나름의 인생의 목표를 놓고 노력하던 중이었기에 항상 그에게만 모든 것을 할애할 수는 없었다고 한다.

아마 그 둘의 삶의 속도가 엇갈린 것은 그때부터가 아니었을까라는 생각이 들었다. 그의 삶은 잦은 실패로 인해서 상심의 기간이 길어졌고 그로 인해서 마음이 꺾이고 있는 시점이었는데 반대로 그녀는 어느 정도 직장에서 자리를 잡고 인정을 받으면서 직장 외적으로도 자신의 삶의 목표를 이루기 위해서 착실하게 계획을 세우고 나아가고 있었던 시점이었기 때문이다.

연애는 그럴 때 가장 큰 위기를 맞이하게 된다. 서로가 사랑에 빠질 때는 삶의 속도가 달라도 문제가 되지 않는다. 오히려 다르기에 끌리는 부분이 있어서 연애가 쉬워지기도 한다. 하지만 이렇게 사귀던 도중에 삶의 속도가 만들어내는 간극이 커지면 커질수록 연애 감정보다는 그 외의 감정들이 사람을 지배하기 시작한다.

사랑하기 때문에 좋은 모습을 보이고 싶은 마음에 부응하지 못하는 것 같다거나 혹은 연애를 떠나서 한 명의 인간으로서 몫을 못하는 것 같은 느낌에 무력감에 빠지며 타인과 비교하게 된다. 그 비교 대상은 자신의 연인 또한 예외가 될 수 없다.

그렇게 비교하게 되었을 때 연인이 나와 비슷한 처지라면 몰라도 연인은 잘 되어가고 있다면 분명 축하하고 응원하겠지만 어느샌가 연인의 옆자리에 있는 나의 모습은 반투명한 상태로만 그려지게 되어있다. 그것이 그가 느낀 감정이었을 것이다.

그녀는 필자에게 그와 다시 만날 생각은 없으나 그가 왜 그렇게 해야만 했는지를 물어왔다. 그가 시험을 준비하면서 자신에게 소홀해진 것은 맞으나 그렇다고 해서 두 사람이 서로를 미워하게 되었던 것도 아니고 그는 헤어지는 순간에 자신에게 마음이 더 생기지 않는다고 했을 뿐 무엇을 탓하거나 원망하지도 않았던 것에 의문이 생겼다. 자신이 선택한 길이었는데 그게 잘 안되었다고 이별을 생각할 수 있는지 그녀는 납득이 안 되었던 것이다.

사랑에는 양면성이 있다. 삶이 잘 안 풀리니까 가장 가까운 사람이 응원해 주고 보듬어주길 바라는 면도 있지만 반대로 가장 초라한 순간을 보이고 싶지 않아서 많은 것을 내려놓고 그냥 혼자가 되길 원하는 부분도 있는 것이다.

필자는 그런 그녀에게 그를 이해할 수 없는 만큼 두 사람의 삶의 속도는 다르고 멀어져 있다고 이야기했다. 사랑하기에 힘들 때는 곁에 남아있어야 한다고 생각하는 쪽은 통상 여유가 있는 쪽이다. 그런 측면에서 그녀는 여유가 있었기에 그런 그의 선택을 이해하기 힘든 것은 너무나도 당연한 것이다.

그렇기에 그녀는 그와 멀어진 만큼 그녀가 걷고 있는 길에서 그 방향을 바라보는 그녀와 비슷한 열정과 삶의 속도를 가진 사람들과 함께 해야 할 것이다. 그래야 다시 이해하고 이해받는 사랑을 시작할 수 있을 테니 말이다.

그녀는 결국 이 부분을 이해하지 못했지만 분명한 것은 다음에는 자신과 어느 정도 같은 속도로 삶을 살아가는 사람을 만나야 한다는 것에는 크게 공감하였다. 그런 그녀의 여정이 좋은 인연을 그녀에게 데려오길 바랄 따름이다.

걷는지 달리는지는 달라도
손은 놓지 않고 있다고 믿고
방향만은 같다 생각했어
가로등조차 없는 이 길 위,
난 서로에게 반딧불이 되어주길 원했기에
숨소리조차 들리지 않는 이 밤은 어지러워

#삶의_속도가_다를_때

05

잠수 이별이
최악인
이유

어떤 이유로든 이별은 힘들다. 하지만 가장 끔찍한 이별의 형태를 골라보라고 한다면 잠수 이별을 선택할 것이다. 그것은 단순히 이별의 고통만 주는 것이 아니라 사람을 끝없는 생각과 고통 속에 밀어 넣기 때문이다.

그녀는 남자친구에게 잠수 이별을 당했다고 한다. 그와는 약 네 달 정도 사귀었는데 사귀는 동안에 특별한 일은 없었다고 한다. 다만 특별하게 갈등이 없었던 만큼 특별하게 둘 사이에 엄청 좋았다고 생각되는 기억도 많지 않았다고 덧붙였다.

둘의 시작은 같은 회사의 지인을 통해 소개받은 것으로 시작하게 되었다고 한다. 처음에는 특별하게 끼가 있어 보이지 않고 어수룩해 보이면서도 순진해 보이는 모습이 마음에 들어서 그녀가 먼저 적극적으로 그에게 다가갔다고 했다.

그는 그녀의 그런 다가감을 거부하지 않았고 만날 때마다 적당히 친절했고 성급하게 진도를 나가려고 한다거나 하지 않는 모습이 뭔가 자신을 배려하는 것처럼 보여서 좋았다고 한다.

먼저 고백한 것도 그녀가 먼저였다고 한다. 그녀의 고백에 그는 조금은 생각할 시간이 필요하다고 말했고 그녀에게 자신도 호감이 있는데 자기는 인간관계에 서툴러서 답답할 수 있는데 괜찮겠냐고 물었다고 한다.

그녀는 지금까지도 자신이 리드한 것이나 다를 바 없었기에 앞으로도 자신이 리드하면 그가 서툴더라도 괜찮지 않을까라고 생각했다고 한다. 그리고 사귀기 시작하면서 그녀의 생각처럼 그에게 뭔가 센스 있게 해주길 바라기보다 먼저 그를 이끌었고 그래서 둘은 서로 충돌 없이 잘 사귀어 나갔다고 한다.

그는 리드해 주는 사람에게 수동적으로 따라가는 것을 선호했던 것인지 자신이 제안하면 전부다 따라주었고 그 시간마다 함께 즐기는 듯한 모습을 보여왔기에 그녀는 그가 잠수 이별을 한 것에 큰 충격과 동시에 자신이 마음에 안 들었으면 말하지 왜 몇 개월이나 사귀면서 그런 기색하나 없이 그렇게 이별한 건지 납득이 가지 않는다고 하였다.

아마 지금까지 그녀의 사연을 본 당신이라도 그렇게 느꼈을 것이다. 서로 엄청 안맞아서 계속 다투었거나 그가 계속 그녀의 리드에 불만을 표해왔다면 납득이 가겠지만 표면상으로는 별일 없어 보인 사람이 갑자기 아무 말도 없이 이별한다는 것은 납득이 되지 않으니 말이다.

처음 그가 연락이 안 될 때는 그의 일이 바빠서 연락이 안 되는 것으로 생각을 했다고 한다. 그러다가 다음 날이 되고 연락을 해도 전화도 메시지도 그가 답하지 않자 그녀는 어딘가 잘못되었다고 생각했고 처음 그를 소개해 줬던 지인에게 연락하였다고 한다.

얼마 뒤 그녀가 지인을 통해 전달받은 것은 남자친구가 관계가 부담스러워서 이어가기가 힘들 것 같으니 연락을 하지 말았으면 좋겠다고 전해왔다고 한다. 결국 그녀는 그와 더 어떻게 말해볼 여지도 없이 헤어지게 된 것이다.

그를 소개해 줬던 지인도 그런 상황을 그녀에게 전해 듣고는 그에게 경우가 아니라고 전달했다고 하지만 그 사람은 그 지인에게조차 미안하다는 말만 반복할 뿐 더 어떤 말을 하지 않았다고 한다.

그녀의 상황이 극단적이게 보일 수도 있을 것이다. 정말 저런 사람이 있다고? 라고 생각할지도 모른다. 하지만 생각보다 이런 식으로 잠수 이별을 당하는 경우가 생각보다는 많다. 이 경우에는 적어도 지인이라도 있지만 지인이 없고 상대의 집도 몰라서 그냥 속 태우다가 타인에게 빌려 다른 번호로 전화를 걸어서 알게 되는 경우도 있었다.

이렇게 이 사연을 다루게 된 것은 필사가 잠수 이별이 가장 끔찍하게 여기는 이유를 가장 잘 보여준 사례이기 때문이다. 상대의 무책임함은 중간에 끼어있는 지인에게까지 보였고 자신이 불편하다고 해서 그저 입 다물고 회피하는 모습만 보이는 태도는 과연 누군가에게 잠시라도 사랑을 받을 자격이 있는지 의문이 들게 만드는 사람이 보일만한 모습이라고 할 수 있다.

그녀는 상담 내내 그때를 회상하면서 울컥하는 목소리로 대화를 이어가고 한동안 극복하기 위해서 더 상담을 진행했다. 지금은 나아진 모습으로 새로운 사람을 만난 그녀의 행복을 빈다.

모든 감각을 앗아간 무중력
이기심이 살아있는 공간에 나부끼는 먼지
그럴듯한 포장도 없는 직선이
끝없는 평행을 이루는 시간의 연속만 살아갈 뿐

#잠수_이별이_최악인_이유

06

바람피우는
사람의
특징

그녀는 함께 밤을 보내던 날 우연히 그의 폰을 보았던 순간을 아직도 잊을 수가 없다고 한다. 상대가 보낸 메시지에 불과 몇 분 전까지 자신과 사랑을 나누던 그가 배신했다는 것을 알게 되었던 그 순간을 말이다.

연애를 하는 이유 중 하나는 이성과의 관계를 독점할 수 있기 때문일 것이다. 자신이 멋있거나 예쁘게 보고 좋게 생각하는 상대를 다른 이성이 차단된 상태에서 관계를 이어나가고 둘만의 특별함을 만든다는 것이 연애를 이끄는 원동력 중 하나일 거고 그것이 어겨지지 않는다는 믿음이 특별함을 더 강하게 만드는 이유일 것이다.

하지만 사람이란 본디 욕구나 자신의 이익에 따라서 마음이 흔들릴 여지가 충분히 존재하기에 아무리 배려를 말하고 이해를 말하고 믿음을 말해도 그것이 어떤 조건 하에서만 유지된다는 것을 부정하기는 어렵다.

그렇기에 관계에는 항상 긴장감이나 균형이 일정하게 존재해야 하고 그것이 느슨해지는 순간 믿음에는 빈틈이 생기기 쉽다. 물론 그렇다고 해서 모두가 그런 과정을 밟는 것은 아니다. 상호작용이 없더라도 신뢰를 강하게 생각하는 사람의 경우에는 그런 작용에도 흔들리지 않고 선을 넘지 않을 테니 말이다. 그리고 우리는 그것을 상식이라고 부른다.

하지만 바람을 피우는 사람들의 대부분은 그런 자제력이 없다. 믿음이나 이해라는 가치는 그저 자신이 일반적이고 개념이 있는 사람으로 보이는 포지션에 서기 위해서 사용하는 도구일 뿐이며 자신에게 달콤하게 느끼는 순간이 다가오면 그것은 얼마든지 버릴 수 있는 개념일 뿐이다.

그리고 그들은 그것을 '어쩔 수 없어서' 혹은 '어쩌다 보니' 한 '실수'라고 말한다. 그 말에 아직 마음이 있는 쪽은 그 말에 매달려 자신도 믿을 수 없는 말을 믿으려 하고 관계를 유지하며 더 상처받는 경우가 존재한다.

그녀의 경우에는 다행히도 그날 그것을 본 이후로 그에 대한 마음을 정리하기 시작했다고 한다. 그를 처음 사귈 때부터 그는 인기가 많아서 여자문제가 생길만하다고 생각했지만 그럼에도 자신과 제대로 자리 잡으면 그런 일은 일어나지 않을 거라고 믿었다.

하지만 그런 그녀의 믿음을 그는 생각보다 오랜 시간 배신해왔음을 알 수 있었다. 아니 오히려 자신이 세컨드였을지 모른다는 생각도 들었다고 한다. 왜냐하면 그녀는 그와 헤어지기 전 언제부터 상대와 관계를 맺었냐는 질문을 했다고 한다. 그 질문에 그는 두 사람이 사귀고 나서 얼마 지나지 않아서 술자리에서 있었던 일을 계기로 관계가 시작되었다고 한다.

그날 처음 본 여자도 아닐 것이고 그러면 결국에는 그 둘이 그런 일이 일어나기 전부터 교류가 있었을 것인데 그녀는 결국 지금의 처지가 그녀가 아니었다면 자신이었겠다는 생각을 했다. 단지 운이 없었기에 여자친구로서 배신을 당해야 하는 것은 그 여자가 아닌 자신이었을 뿐이라고 말이다.

그녀는 그와는 담담하게 정리했지만 그 이후에 새로운 사람을 만나는 것에 대한 불안감이 생겼다고 한다. 원래 집착하거나 받는 것을 싫어하는 그녀였는데 이제는 누군가를 만나면 집착하듯이 확인하지 않으면 안 될 거 같아서 확인하다 보면 상대와 잘 안되는 것은 너무나도 뻔한 결과기 때문에 시작조차 두려워진다고 하였다.

이 부분에서 필자는 그럼에도 다행이라 여긴 것이 그녀가 사랑의 가능성을 내려놓은 것은 아닌 것을 다행으로 여겼다. 많은 사람들이 연인의 배신을 경험하면 타인을 믿지 못하는 정도를 넘어서서 사랑 자체를 부정하고 자기 파괴적인 길을 걷게 되는 경우가 있는데 그녀는 현명하게도 그렇게 되진 않았고 극복으로 나아가고자 한 것이다.

그녀에게는 바람은 집착으로 막을 수 있는 것이 아니라고 건네며 이야기를 이어갔다. 결국 바람을 피울 사람은 피고 아닐 사람은 아닌데 처음 짧은 기간 동안에는 알 수가 없기에 어떤 사람을 만나더라도 우선 연인이 되기 전 알아가는 기간을 가지고 그럴만한 위험이 있는 사람은 느낌이 좋아도 피하라고 조언하였다.

바람을 피울 사람은 피게 되어있다. 그저 그런 사람들이기에 만일 이 글을 읽는 당신이 그런 처지에 놓였다면 당신이 부족해서 나 잘못해서가 아님을 기억하길 바란다.

너의 눈길이 떠난 걸 알아
흔한 눈물도 나오지 않는
이별의 순간이 왔다는 게 그저 슬플 뿐
어디서부터 잘못됐는지 생각해 보지만
내 마음이 아플까 두려워 그만할래

#바람피우는_사람의_특징

07

환승
이별의
이면

그는 자신도 환승 연애의 대상일 뿐이었는지 알고 싶다고 말했다. 그와 그녀는 약 3개월 정도 사귀었는데 그녀와는 운동을 하다가 알게 된 사이라고 말했다. 평소 그녀의 주변에는 함께 운동을 취미로 하는 사람들이 남자고 여자고 할 것 없이 많았는데 그녀 특유의 친화력과 쾌활함으로 여러 사람의 호감을 사고 있었다고 한다.

그래서 처음에 그는 그녀가 자신에게는 관심이 없을 거라고 생각했다. 다들 자기 운동하기 바쁜데 그녀는 이런저런 사람들에게 말을 걸면서 친해졌고 그런 사람들은 대부분 자신보다 더 멋져 보이는 사람들이었기 때문이다.

그러던 어느 날 어떤 계기로 그녀와 친해지고 운동하는 곳 외의 장소에서도 따로 만나면서 관계가 깊어졌고 뜻밖에도 그녀의 고백으로 사귀기 시작하였다고 한다.

처음에는 예쁘고 성격 좋은 여자가 자신의 여자친구라는 것이 그는 너무나도 기뻤다고 한다. 그리고 그 기간 동안 그는 행복이 무엇인지 느꼈다고 한다. 하지만 한 달즈음 지나니 그가 망각하고 있던 것이 보이기 시작했다.

그녀는 연애를 시작했음에도 여전히 이런저런 이성에게 먼저 다가가 친하게 지냈고 그 이성들의 연락을 친구라는 이름으로 스스럼없이 받아주고 지냈던 것이다.

그는 신경이 쓰여서 가급적이면 선을 그어달라고 말했지만 그녀는 그때마다 애교와 함께 걱정 말라는 식으로 그에게 말했다고 한다. 실제로도 그과 그녀는 각자의 직장에서 퇴근하면 바로 함께 만나서 운동하러 다녔고 주말에는 늘 함께 있었기에 바람을 피울만한 여지는 없었다고 말하였다.

하지만 100일이 조금 지난 어느 날 그녀는 뭔가 시들해졌다면서 권태기가 온 것 같다고 그에게 언질을 하였다. 얼마 전까지 좋았는데 너무 갑작스러운 말에 그는 그녀의 마음을 다시 얻고자 많은 노력과 제안을 했다고 한다.

권태기를 떠나서 그녀의 텐션이 다소 떨어져 보여서 기분을 환기시켜주려고 노력했으나 그녀는 그때마다 그런 제안을 거절하고 괜찮다는 말을 반복했다고 한다. 결국 그렇게 얼마 지나지 않아서 그녀의 이별 통보로 그는 그녀와 헤어졌다고 한다.

문제는 그때까지만 해도 자신이 뭔가 서툴렀거나 혹은 너무 구속하듯이 자주 만나고 계속 연락해서 실패한 것이 아닐까라고 생각했다고 한다. 하지만 헤어진 지 약 일주일 뒤 그녀가 함께 운동하던 곳에서 남자친구라고 부르는 대상과 다정하게 나타난 모습을 보고 그는 자신이 잘못이 아님을 느꼈다고 한다.

그녀가 새롭게 만난 사람은 그녀로 인해서 안면을 트고 지내던 같은 회원이었다. 그녀는 두루두루 알고 지냈기에 그를 여기서 알게 된 친구라고 말해왔지만 헤어진 지 일주일 뒤에 바로 연애를 시작한 것을 보면서 그는 말로만 듣던 환승 이별을 경험한 것이라 확신하게 되었다고 한다.

너무나도 치욕스러운 감정을 느꼈다고 하며 말이 환승 이별이지 결국 바람을 피우다가 자신을 잘라낸 것이 아닌가 하는 생각이 들었다고 한다. 그리고 동시에 자신도 지금의 남자친구처럼 그저 갈아탈 대상이 아니었을까 궁금증이 들었다고 한다.

그렇다고 그녀에게 따질 수는 없고 분노심이 커져 최근에는 주변인들에게 짜증과 화를 내는 경우도 생겨서 의문을 풀고자 상담을 신청한 것이었다.

상황만 보고 확신할 수는 없어도 그녀가 이후에 보인 태도는 조심성이 없다고 말해도 무방할 정도로 이별한 그를 배려하지 않은 태도를 보였다는 점에서 그에게 그것은 충분히 할 수 있는 생각이고 타당성이 있다고 말해주었다.

환승 이별 혹은 환승 연애라는 말은 피해자로 하여금 판단력을 흐리게 만드는 경향이 있다. 그저 정상적인 이별에서 우연히 기간이 짧게 다른 사람을 만난 것일 뿐 바람은 아니라고 합리화하는 용도로 쓰일 수 있기 때문이다.

이 사연을 앞선 에피소드인 '바람' 뒤에 배치한 것은 환승 이별의 이면에는 이런 면이 존재할 수 있음을 알리고자 한 것이다. 기간보다 상황을 더 바라보길 바란다. 결코 머릿속 생각이 헛된 생각은 아닐 테니 말이다.

이유를 묻지 못한 채
황망히 닫혀버린 문
두드려도 소용없다는 걸 알고서
돌아서서 발길을 돌리는 순간
문틈 너머 터져 나오는 웃음소리
그 소리의 의미를 알기에 뜨지 않는 달

#환승_이별의_이면

08

성욕의 차이를
알아야 하는
이유

"남자라면 다 성욕이 많은 거 아닌가요?" 그녀는 다소 낙담한 목소리로 물었다. 그녀는 남자친구보다 성욕이 많아 이별을 통보받았다고 한다. 그것에 그녀는 자신이 매력이 없는 것을 자신이 성욕이 부족하다는 식으로 에둘러 표현한 것으로 받아들이며 자존감이 떨어진다고도 덧붙였다.

그녀는 처음 성관계를 경험한 이후로 그간 사귀었던 남자친구들과는 대체적으로 다 성적으로는 부족함 없이 만났다고 하였다. 그렇다고 그녀가 성적인 쾌락만을 추구하는 것은 아니었으며 그저 그간의 남자친구들과 경험한 정도의 횟수나 정도만을 즐기며 지내왔다고 하였다.

하지만 이번에 헤어진 그와는 달랐다고 한다. 처음에는 오히려 그런 면이 신선해서 자신도 성적인 부분만이 아닌 면에서 애정을 주는 그가 좋았다고 말했다. 전 남자친구들과는 달리 남성적인 면보다 여성적인 면이 많았고 감정적으로 공감해 주는 그에게 편안함을 느껴서 결혼해도 안정적인 관계가 가능할 것이라고 생각했다고 한다.

하지만 계속해서 이전 연애와 비교했을 때 혹은 비교하지 않아도 기본적인 자신의 욕구에는 충족되지 않았음을 느꼈다고 한다. 그래서 그에게 이런저런 부탁을 해보았고 때로는 너무 밝히는 것처럼 보일까 걱정하지 않아도 된다는 말도 해보았다고 한다.

여기서 그녀는 기본적으로 남자들은 성욕이 많을 거라고 가정하고 접근했던 것 같아 보였다. 하지만 그것은 사실이 아니다. 남자들이 여성에 비해서 성적 욕구가 월등하게 보일 수는 있어도 상황에 따라서 천차만별이라고 생각하는 것이 좋을 것이다.

즉 성적인 행위를 우선적으로 선호하는 것은 남자 쪽이 강한 것이 어느 정도 맞을지라도 결국 욕구 자체를 충족하고자 하는 것에서 항상 강하다고 보기는 힘들다는 것이다. 때문에 그녀는 잘못된 접근으로 인해서 남자친구와의 관계가 틀어지기 시작한 것이라고 봐야 한다.

그런 대화들을 거치면서 그는 그녀를 만족시키고자 다양한 노력을 했다고 한다. 관계의 횟수를 늘리고 서로 성적으로 어떤 것을 선호하는지 기호 파악에도 적극적이었다고 한다. 하지만 얼마 지나지 않아서 그는 그러한 것에 부담을 느끼는 듯한 모습을 그녀에게 보였다고 한다.

결국 그는 그녀에게 노력이 힘들다고 이야기하였고 그녀 또한 너무 힘들게 강요할 생각은 없었기에 알겠다고 하며 둘의 관계는 다시 조정되어서 한동안 별문제 없이 잘 지냈다고 한다.

이때 즈음 그녀는 자신의 성욕이 일반적인 정도는 아닐지 모른다는 생각을 하였다고 한다. 그동안은 전 남자친구들과 했던 정도만을 생각해서 평균일 거라 생각했는데 그것은 그저 그 사람들과 욕구가 잘 맞았던 것일 뿐이었다는 생각이 들었기 때문이었다고 한다.

하지만 그녀의 잘못된 접근은 그런 생각을 했음에도 달라지진 않았다. 그렇다면 자신의 욕구를 충족시키려면 남자친구가 자신을 더 매력적이게 느끼도록 만들면 될 것이라고 생각했다. 어차피 남자들은 성욕이 많을 테고 그런 상태를 움직일 수만 있으면 된다고 여겼기 때문이다.

그녀는 그 순간을 회상하면서 그것이 잘못된 것이었냐는 질문을 하였다. 필자는 성욕의 차이 때문에 헤어지는 커플은 종종 있는데 이 경우는 그 차이보다도 잘못된 관점의 문제가 더 크다고 답해주었다. 앞서서도 언급한 것처럼 남자들은 항상 성욕이 높은 것이 아니기 때문이다.

또한 더 매력적이라고 해서 무조건 성욕에 따른 행동으로 이어지지도 않는다는 것이다. 그것은 마치 길 가다가 무조건 노출이 있는 옷을 입은 여자나 혹은 얼굴이 더 예쁜 여자에게 무조건 들이대며 성적인 행위를 시도할 것이라고 추론하는 거랑 다를 바가 없기 때문이다.

그렇기에 우선은 그녀의 매력에 문제가 있어서 발생한 일은 아니라는 것을 언급하며 다음에는 자신의 성향과 맞는 사람을 만나는 것을 권하였다. 다정다감하고 감정적인 케어를 잘해주는 남성도 좋을지 모르지만 그녀에게 맞는 남자친구의 모습은 적어도 그런 모습에 치우친 남자는 아닌 것 같아 보였기 때문이다.

진정으로 맞는 남자와 만난다면 그녀는 행복해질 것이다.

툰 호수가 바다처럼 보일지라도
당신이 호수가 좋아 찾았다면
분명 소금의 짠맛을 기대해선 안된다

#성욕의_차이를_알아야_하는_이유

09

데이트
폭력에서
벗어나려면

헤어져야 하는 걸 아는데도 상대가 반성하는 모습이나 처음 잘해줬던 모습 때문에 이별하지 못하는 경우가 데이트 폭력 사례에서 생각보다 많이 보인다.

주변에서는 왜 그런 사람과 만나느냐며 말리기도 하고 말리다 지치면 그 피해자 주변에서 떠나서 피해자가 더 고립되는 일도 생긴다. 그렇게 고립되게 되면 가해자의 곁을 떠나기가 더 힘들게 되고는 한다.

그녀 또한 그런 사람 중 한 명이었다. 그녀는 몇 번이나 필자의 설득으로 인해서 그를 떠났다가 돌아가기를 반복했다. 그녀의 남자친구는 그녀가 상담받는 것을 알고는 그녀에게 필자를 비방하고 한동안은 공격하기 위해서 조사하는 모습까지 보였다.

이 과정에서 그녀는 그에게 돈을 갈취당하고 기분에 따라서는 폭행도 당했으며 그 과정에서 경찰도 여러 번 엮이는 등 다양한 상황을 겪었다. 문제는 이렇게까지 피해를 보면서도 자신에게 사과하는 모습을 보면 그가 정말 뉘우친 것일지도 모른다는 생각을 한다는 것이다.

여러 번 그에게서 그녀를 벗어나게 하면서 가장 힘들었던 것은 그녀는 스스로 피해자라는 의식이 부족했다는 것에 있었다. 응당 자신이 물리적 신체적으로 피해를 봤다면 그것에 대한 분노나 자기방어적인 모습이 보여야 하는데 그녀는 너무나도 긴 시간 동안 그에게 노출되어 있었던 탓인지 자신이 폭행을 당하거나 돈을 갈취당한 것은 그저 자신의 경솔함 때문에 발생한 문제 정도로 인식하고 있었던 것이다.

때문에 우선적으로 그녀에게는 자신의 피해가 자신의 경솔함으로 발생한 문제가 아님을 인지시키는 것이 필요했다 또한 그로 인해서 말투나 대인관계의 태도가 변한 부분도 변하기 전의 자신의 모습을 회상시키며 그에게서 분리된 모습을 구축하는 것에 중점을 두는 것을 반복적으로 하였다.

데이트 폭력 케이스에서는 생각보다 많은 사람들이 가해자와의 분리를 두려워하는 경향이 있다. 더 해를 입을 것임에 대한 불안 혹은 자신이 일을 키워서 괜히 나아질 수 있는 사람을 안 좋게 만드는 것이 아닌가 하는 착각 등에서 분리를 두려워하게 되는 것이다.

그렇기에 당장 즉각적인 이별과 단절을 이야기하는 것은 그들을 실질적인 행동으로 이끌기에는 부족하다. 따라서 현 상태에서 신체적인 폭력만 최대한 피해 가며 상대와 분리되어도 잘 살아갈 수 있다는 것을 상기시키고 스스로 받아들이게 되는 것을 우선적으로 하는 것이 좋다. 적어도 필자가 상담하면서 경험했던 바에는 그러했다.

그런 과정을 제대로 거쳐가면 그것이 효과적이라고 느끼는 것을 가해자를 통해서 가장 많이 느낄 수 있다. 가해자는 기본적으로 피해자를 통제하려고 하고 통제력을 잃을수록 통제력을 얻고자 더 과격하게 행동하기 마련이다. 그녀의 케이스에서 그가 필자를 비방하는 행동을 그녀에게 한 것도 그녀가 독립적인 모습을 보이고 자신과 대립하는 것에 위협을 느꼈기 때문이다.

결국 그녀는 헤어지고 돌아가고를 반복하다가 결국에는 완전히 헤어지면서 그가 근처에 오지 못하도록 타 지역으로 이사를 가게 되었다. 그녀는 쉽지 않은 길을 걸었지만 그간 반복되었던 독립성을 위한 노력에서 성과를 이뤄 낸 것이다.

데이트 폭력에서 피해자들은 너무나도 큰 고통과 함께 무력감을 느끼게 된다. 그래서 거의 종속되는 수준으로 가해자와 함께 하게 되는데 그것이 제도적인 강제성이나 혹은 주변의 끊임없는 노력으로 무력감에서 벗어나게 된다면 생각보다 빠르게 안 좋은 상황에서 벗어나고 회복하게 된다.

물론 말처럼 금방 없던 일로 인식하게 된다는 것은 아니지만 타인의 시선에서 '쟤는 평생 저렇게 살 거야 어쩔 수 없어'라고 여기는 정도의 시선은 단숨에 바꿀 수 있을 정도로 회복된다는 것이다.

때문에 만일 자신이 혹은 주변의 사람이 이런 일을 겪고 있다면 당장의 단절보다는 우선적으로 독립성을 가지는 것이 가능한 사람임을 끊임없이 보여주길 바란다. 그러다 보면 점점 회복되고 올바른 판단을 내리고 행동하는 것을 볼 수 있게 될 것이다.

일렁이며 머무는 햇살이 아닌
따갑게 내리쬐는 직사광선이란 사실은
서서히 절여져 잠식되어가는 꽃게처럼
알은체하지 못하고 떨구었을 뿐
그저 잠시 그을린 여름이 다녀간 것이니
돌아오는 계절엔 다시 없어질 자욱

#데이트_폭력에서_벗어나려면

10

공감 능력이
비슷한 사람을
만나야 하는 이유

그녀는 그가 기분이 태도가 되지 않는 모습에 좋았다고 한다. 항상 그는 차분해 보였으며 성급하게 무언가를 결정하지도 이야기하지도 않고 신중한 판단 후에 행동이나 말을 하는 것에 책임감을 느끼기도 하였다고 한다.

하지만 아이러니하게도 그런 모습 때문에 그녀는 그와 헤어지게 되었다고 한다. 우리가 생각하는 남자친구의 모습은 여자친구만을 위해 듬직하고 노력하는 것을 어렵지 않게 생각할 수 있다. 하지만 경우에 따라서는 상대의 가치관이 강할 경우 여자친구를 위한다는 모습보다 상식 혹은 올바른 것을 강하게 추구해서 여자친구를 서운하게 하는 남자친구도 존재한다.

물론 그것이 나쁘다는 것은 아니다. 하지만 이러한 가치관의 실행에 있어서 정도가 어느 정도인지 파악하지 못한다면 서운함을 많이 느끼거나 다툼이 잦아지는 연애를 할 수 있다는 것을 이야기하는 것이다.

그녀는 그에게 반했던 모습이 자신에게 적용되었을 때 얼마나 서운할지 분명하게 인지하지 못했던 것으로 보였다. 그녀는 시간이 지나면서 점점 그가 감정을 제대로

공감도 못하고 표현도 못 하며 나아가서는 남자친구로서 해야 하는 최소한도 못한
다고 느끼게 되었다고 한다.

평소 그녀는 친구들과 있었던 이야기 혹은 직장 내에서 있었던 이야기를 남자친구
와 자주 하고는 하는데 남자친구는 이야기를 들을 때는 잘 들어주다가 자신의 생각
을 이야기할 때는 뭔가 듣고 있다 보면 혼나는 듯한 느낌을 받을 때가 자주 있었다
고 한다.

물론 대화 자체를 뜯어보면 뭔가 지적하기 위한 말은 아니었다. 그저 그의 생각을
말했을 뿐이고 그것이 장황하진 않았는데 곱씹어 보면 '그래서 내가 잘못했다는 거
야?' 내지는 '내가 이상한 것인가?'라는 생각을 하게 만들기는 충분해 보였다.

그녀가 원한 것은 단순한 공감이었고 맞장구였다. 하지만 그는 매사에 자신의 표현
이나 혹은 입장에 대해서 말할 때 신중한 타입이었기에 그런 것이 수월하진 않았을
것이다. 그래서 그녀는 그에게 그냥 단순하게 공감해 주고 맞장구쳐주면 안 되냐고
요구했다고 한다.

하지만 그 말에 남자친구의 대답은 그렇게 했다가 그것이 옳지 않을 경우 그 입장을
바꾸는 것이 싫다는 대답이 돌아왔다. 또한 책임지지 못할 말이나 태도는 가지는 것
이 아니며 자신은 사람 사이의 신용을 무겁게 생각하기 때문에 그녀에게도 일관적
인 모습을 보이고 싶기에 무작정 공감하기는 어렵다고 말하였다고 한다.

그런 그의 대답에 그녀는 남자친구로서의 대답이라기보다는 그냥 무슨 회사에서 알

게 된 동료가 할법한 이야기임에 거리감을 느꼈다고 한다. 분명 처음에는 좋아 보였던 것이 특별한 관계가 되어서 특별한 대우를 받기를 원하는 관계에서 걸림돌로 작용하니 그녀는 그 이후 그에 대한 모습이 좋게 보이진 않았다고 한다. 오히려 회사에서 함께 일하는 동료들과 더 허물없이 말하였으며 속상한 일을 남자친구보다 친구나 동료들에게 말하는 게 더 편했다고 한다.

그것이 익숙해지던 어느 날 그녀는 관계의 종지부를 찍었다고 한다. 그녀가 상담을 받고자 한 것은 그가 자신이 무심했다면서 고치겠다고 하면서 그녀를 강하게 잡으려 하기에 정말 그가 변할 수 있는지 알고 싶어서 상담을 신청한 것이라고 했다.

하지만 애석하게도 사람의 성격은 그렇게 쉽게 바뀌는 것이 아니다. 특히나 그는 그런 태도를 자신의 생활의 기준점으로 생각하며 살아왔기에 설령 바꾼다고 하더라도 새로 바뀐 것에 적응하지 못해서 결국 바뀐 모습에서 문제가 생기면 그 탓을 그녀에게 돌릴 가능성도 존재하기에 그것은 쉽지 않은 일이라고 그녀에게 조언하였다.

그녀에게 연애는 누구에게도 이해받기 힘든 것을 이해받고 함께 한다는 느낌을 받기를 원하는 것이 당연하다고 말하며 그렇기에 그 점을 염두에 두고 사람을 판단해 보는 것이 어떨까 싶다고 덧붙였다.

그녀는 자신의 이별이 옳은 판단이었다고 느끼며 그를 확실히 마무리하겠다고 하였다. 그녀의 다음은 공감이 가득한 연애를 하길 바라보았다.

기억을 놓아도 울림이 없는 집
삐걱이는 마룻바닥만이 신음하는 곳
침대에 몸을 뉘어봐도 자꾸만 먹먹해지니
당연한데 당연하지 않아 마음이 불편해져

#공감_능력이_비슷한_사람을_만나야_하는_이유

11

잘해줄 때는
상대의 기준에서
해야하는 이유

그는 여자친구였던 그녀가 자신을 믿지 못한다고 생각해서 충동적으로 이별을 말했다고 한다. 그렇게 이별한 당시에는 여태까지 자신이 보여 왔던 모습에도 자신과의 관계를 불안하게 생각하며 걱정을 말했던 그녀가 괘씸하게만 여겨졌다고 한다. 그래서 이별도 그다지 슬프지 않았다고 한다.

하지만 시간이 지나면서 당시에 감정에 휘둘린 대로 이별을 내뱉어버린 자신에 대해서 후회하게 되었다고 한다. 그녀는 그에게 있어서 정신적 지주라고 할 정도로 그녀를 통해서 안정을 얻고 방향을 잡아나가며 정신적으로 많은 도움을 받았다고 한다.

하지만 그렇게 충동적으로 헤어진 이후에 그는 일상에서 일어나는 일들에 대해서 감정적으로 어떻게 다스려야 할지 몰랐고 상황 판단을 그녀를 만나기 전처럼 어떤 때는 너무나도 충동적으로 또 어떤 때는 너무나도 소극적으로 행동해서 그르치는 일이 잦아졌다고 한다.

그러면서 그는 그녀의 빈자리를 느끼기 시작했다고 한다. 하지만 그것이 자신의 행동을 후회하게 된 이유는 아니었다고 한다. 어찌 되었든 자신의 선택이었고 그 선택으로 행동한 이상 그것에 따른 안 좋은 일들은 당연히 자신이 받아들여야 하는 일이라고 생각했기 때문이라고 한다.

그가 후회하기 시작한 것은 그녀와의 관계를 떠올리면서 그가 마지막에 그렇게까지 화를 냈어야 했는지를 돌아보면서 하게 된 생각에 후회하기 시작했다고 한다. 그는 평상시 사정이 좋지 않았던 그녀의 이런저런 부분을 살펴주고 도와주었다고 한다.

그러면서 알게 모르게 그는 그녀에게 좋아하는 사람에게 무언가를 한다는 개념보다는 힘든 이에게 무언가를 베풀어준다의 개념이 생겨났던 것 같다고 하였다. 결국 그렇게 마지막에 그녀에게 화를 낸 것은 자신이 도와줄 것을 다 도와줬는데 소통이 부족한 것에 관계의 불안을 느꼈고 그것을 자신에게 내뱉었다는 것 자체가 자신에 대한 불신에 기인했다고 느꼈기 때문일 것이라고 그는 생각했다.

결국 그는 동등한 관계로서가 아니라 내게 도움받는 사람이 감히 은혜도 모르고 그런 태도를 취한 것을 괘씸하게 여기는 상하관계 즈음으로 생각하게 되어버린 것이다. 그것을 깨닫는 순간 그는 후회가 한 번에 몰려왔다고 한다.

그 도움도 자신이 좋아서 주었고 그녀는 자신의 힘으로 하려고 했던 것을 굳이 먼저 나서서 해준 것이었음에도 자신이 해준 만큼 상대와 소통이 부족해도 그것으로 대신했다고 생각하거나 내지는 그가 해주는 것이 실질적으로 더 크니까 감정적으로 힘들어도 참아야 한다는 생각을 가지게 되었던 것으로 보인다.

이처럼 관계에서 실질적으로 도움을 받는 쪽과 주는 쪽의 불균형으로 인해서 생기는 불합리한 상황은 충분히 생길 수 있다. 도움을 받는 쪽은 자신이 도움받는다는 부채의식이 생겨서 쉽게 자신의 뜻을 말하지 못하거나 혹은 말해도 지금과 같은 상황이 발생하는 경우가 더러 있다.

때문에 도움을 주는 쪽에서는 도움이 향후 발생할 관계에서의 어떤 상황에서라도 결부시키지 않을 수 있을 때 행해지는 것이 좋다고 할 수 있다. 그렇지 않으면 지금 그의 사연처럼 사랑하는 사이에서도 관계의 불균형을 야기할 수 있기 때문이다.

그는 시간이 지났고 뒤늦게 깨달았는데 이것을 전달하면 재회할 수 있을지를 알고 싶다고 말하였다. 애석하게도 재회는 힘들어 보였으나 그녀에게 깨달은 것을 바탕으로 진심으로 사과의 말과 그 시절에 그녀에게 받았던 것들은 고마웠다는 뜻 정도는 전해도 괜찮다는 조언을 주었다.

물론 이 또한 일방적인 이별을 겪고 고통스러웠을 그녀에게 좋게 작용하진 않았을 것이다 호의적으로 보일 리가 없기 때문이다. 하지만 필자가 어떤 조언을 하든 그는 행동할 의지가 가득해 보였기에 재회보다는 사죄의 뜻만 전하는 것이 그녀가 덜 힘들지 않을까 하는 생각에서 한 조언이었다.

그는 너무 뒤늦게 자신도 자신이 해준 것 이상으로 큰 것을 받고 있었으며 자신이 물질적으로 도움을 주었다고 해도 그것은 관계를 구축함에 있어서 전부가 아니었음을 혹은 불안을 해소할 요소가 되지 않음을 깨달은 것이다. 그의 다음은 부디 좀 더 현명하고 평등하길 바라본다.

우리 늦지 말자
기차 시간 조마조마해서
숨 고르며 뛰다 웃기도 했지만
우리 늦지 말자
마음 깊은 곳 확신 없이 불안할 때
제시간에 도착 못한다면
그땐 마주 볼 서로가 없을 테니

#잘해줄_때는_상대의_기준에서_해야하는_이유

12

결코 놓을 수 없는 기준을 정해야 하는 이유

그녀는 그와 있을 때가 가장 즐거웠다고 말했다. 하지만 즐거움만으로는 살수 없다고 여겨서 그의 현실이 더 나아지지 않을 것이라 확신해서 그와 헤어졌다고 한다. 하지만 결혼하지 않을 거라면 그저 연애만 하는 대상으로는 괜찮지 않을까 싶다고 했다.

간혹 연애만 하고 싶다는 사람을 보는 경우가 있다. 결혼이라는 무거운 책임감은 가지기 싫지만 좋은 사람과 즐겁게 하는 연애 정도의 관계는 가지고 싶은 경우에 그런 생각을 하고 최근에는 비혼 주의라는 말과 함께 그런 입장을 공공연하게 내세우는 경우도 심심찮게 보고는 한다.

물론 계속해서 그 비혼 주의를 고수하느냐 아니냐는 다른 말일 것이다. 좋은 사람을 만나서 함께하다 보면 생각이 바뀌어서 결혼을 결정할 수도 있고 뜻하지 않은 상황에 갑작스럽게 결혼하게 되는 일도 있을 수 있다.

하지만 그녀는 다른 사람과 결혼했으면 했지 그와는 결혼은 절대 아니라는 생각을 가지고 있었다. 애초에 두 사람이 헤어진 것도 그가 아무리 열심히 노력해도 그녀 자신의 허영을 채워줄 정도로 넉넉한 형편이 되진 못할 거라고 생각했는데 그는 노력조차 하지 않는 사람이었기에 가망이 없어 보였다고 한다.

여기에서 그녀의 고민은 그렇게 재미만을 쫓아서 사람을 만나다 보면 그 사람보다 덜 자극적인 사람과는 평생을 함께 할 수 없을 거라는 생각이 들것이고 다른 사람을 만나기 위해서 이 사람과 정리하는 것이 힘들 것인데 그렇지 않은 방법이 있을지 알고 싶은 것이 그녀의 고민이었다.

이미 헤어진 관계였지만 두 사람은 성격적인 부분이나 취미 식성 등 다양한 기호에서 잘 맞았기에 친구처럼 지내고 있다고 한다. 그래서 딱 이 정도로만 계속해서 부작용 없이 만나고 싶은 마음이 강하다고 하였다.

필자는 그녀에게 그렇다면 둘의 관계는 구속력이 없이 만나는 관계여야 할 텐데 그 사람에게 새로운 여자친구가 생기면 순순히 다른 사람을 찾아서 결혼을 생각하며 연애할 수 있을지 물었다. 그녀는 그가 다른 여자친구가 생길 거라는 생각은 하지 못하였는지 그건 잘 모르겠다고 답하였다.

그녀의 고민은 미련이 생기는 건 단지 자신이 그와 있을 때 재미있는 것에 대한 미련을 못 버리면 어떻게 될 것인가 만을 고민 해왔기에 정말 고민해야 하는 것은 자신과 그 사람을 얇은 관계로 설정했을 때 도리어 그에게 진심으로 감정이 생기면 그 관계를 유지할 수 있을지는 생각하지 못했던 것이다.

이렇게 가벼운 관계 혹은 비혼 주의를 상대에게 먼저 호기롭게 내세우다가 중간에

커져버리거나 바뀐 마음을 내비치지 못해서 상대를 잃고 힘들어하는 경우가 있다. 그런 경우의 대부분은 자신은 그 관계를 감당할 수 있을 거라고 너무 당연하게 생각한다는 특징이 있다.

하지만 무엇이든 거저 얻어지거나 좋은 것만 얻을 수는 없기에 너무 강한 자기 확신은 멀리하는 것이 좋다. 그녀에게는 우선적으로 그도 가벼운 만남에 대해서 동조해서 함께 한다고 하더라도 지금의 마음과 미래의 마음은 다를 것이 분명한데 그것을 컨트롤할 수단이 있는 것이 아니라면 스스로를 상처 낼 가능성이 크다고 말해주었다.

단순히 다른 남자에게 덜 자극을 느끼게 되는 것이 아닌가 하는 수준의 문제가 아니라 자신은 물질적으로 풍족하지 못한 사람과는 함께하지 못할 거라는 강한 확신 때문에 헤어졌는데 자칫 원치 않게 얽매이게 될 수도 있는 문제가 될 것이기 때문이다.

자신이 중요하다고 여긴 가치관이 있다면 그것에 맞춰서 희생할 것은 희생하고 살아가는 것이 중요하다 지금의 자극에 중점을 두고 그게 아쉬워서 판단하다가는 정말 자신이 중요하다고 생각하는 가치를 잃고 뒤늦게 후회하거나 돌이킬 수 없는 피해를 입기 때문이다.

그렇기에 연애는 시작 전에 자신에 대해서 잘 이해하고 결코 놓을 수 없는 한 가지를 정해서 그것만을 놓고 방향을 설정해서 나아가는 것이 중요하다.

그녀에게는 정말 중요한 것이 물질적 배경이라면 지금까지의 재미는 내려놓고 원하는 가치를 가진 사람을 찾으라고 조언했다. 그녀는 어느 정도 납득하였는데 부디 후회 없이 나아갔으면 한다.

까끌한 이른 복숭아를 먹을 때처럼
여물지 못한 마음을 가질 때가 있곤 해
볼이 빨개질 때까지 왜 기다리지 못했을까
혹시 그 여름의 한철만 사랑한 것은 아닌지

#결코_놓을_수_없는_기준을_정해야_하는_이유

13

두 사람의
입장이
같아야 하는 이유

그는 그녀가 아직도 자신을 사랑하고 있다고 말했다. 두 사람은 어쩔 수 없이 이별했기에 그녀의 마음은 달라지지 않을 것이라고 믿었기 때문이다.

그와 그녀는 결혼을 약속한 사이였다고 한다. 그러다가 상대의 집에서 자신을 반대하여 자신의 집에 등을 돌릴 수 없던 그녀가 어쩔 수 없이 자신을 놓은 것이라고 이야기를 이어갔다.

필자는 그 지점에서 상대의 집에서는 그의 무엇이 그렇게 마음에 들지 않아서 거절한 것인지 질문하였다. 그는 그것을 자신 또한 잘 모르겠다고 말하였다. 평범하게 회사 생활을 하고 있으며 또래와 비교해도 그렇게 잘나진 못했어도 못난 것도 아니라며 그 집의 욕심으로 인해서 반대한 것이라 막연히 추측하였다.

이어서 그녀가 여전히 자신에 대한 마음이 변치 않았다고 확신하는 이유가 무엇인지 물었다. 첫 번째로 그녀는 지금도 여전히 자신의 연락을 받아주고 있다고 하였다. 그는 그녀에게 하루에 몇 번씩 메신저로 연락하는데 비록 일상적인 이야기이긴 하지만 그녀는 다 받아주고 있는 상태라고 한다.

두 번째로 그녀는 어쩔 수 없다는 이야기를 자주 했다고 한다. 몰래라도 만나자는 제안을 해도 그녀는 그러기에는 자신이 너무 힘들다면서 지금의 상황을 어쩔 수 없이 받아들일 수밖에 없다고 자주 언급했다고 한다.

그 외에도 자잘한 이유를 말하였지만 그가 크게 받아들일만한 것은 위의 두 가지가 전부였다. 그의 말을 있는 그대로 다 믿는다고 한다면 정말 그는 억울하게 집안의 반대로 사랑하는 사람을 잃은 사람이 되는 것이다.

하지만 어딘가 석연찮았다. 결혼까지 약속했다면 이미 그쪽 집에서 오래전부터 이 사람의 존재 정도는 인지하고 있었을 텐데 단순히 환경적인 이유로 사람을 반대했을 리는 없을 거라고 생각했기 때문이다.

때문에 그가 지금 생각하고 있는 트집이라는 관점에서 접근해 보기로 했다. 과거 다소 민폐처럼 보이긴 했지만 집안의 반대를 구준히 찾아가서 설득한 끝에 인정받은 사례를 예시로 들면서 만일 직업과 환경이 문제라면 그녀를 통해서 그 집 부모님을 따로 만나서 설득해 보는 것은 어떻겠냐고 조언했다.

아무리 그래도 딸을 그렇게나 좋아하고 나쁜 사람이 아니라면 이야기를 한번 즈음은 들어줄 수 있지 않겠느냐는 말을 덧붙이면서 말이다. 하지만 그는 즉시 그것은 불가능하다고 답을 하였다. 이유인즉 반대가 있었던 초기 자신은 즉시 그 집에 찾아가서 허락을 구하고자 노력을 했다고 한다. 하지만 상대의 부모들은 자신의 이런저런 것들을 트집 잡으며 이야기를 들어주지 않으려고 했다고 한다.

어떤 트집이었냐는 질문에 그는 그녀와 자신이 사귀면서 다툰 일들에 대해서 그녀가 평소 집에서 하소연한 것을 두고 자신을 나쁜 사람으로 판단한 것 같다고 언급하였다. 큰 문제가 없었다고 앞서서 언급하였던 그래서 어떤 다툼이 있었는지 질문하자 그는 그냥 사소하게 성격차이로 문제가 생겼을 때 언성을 높인 적이 있다고 말하였다.

하지만 그것은 이후에 잘 풀었고 그녀와 잘 푼 것을 두고 그 집에서 꼬투리 잡는다고 그는 생각한 것이다. 하지만 필자가 보기에는 그가 어느 정도 선을 넘는 폭력성을 드러냈던 것으로 보였다. 이런 상황을 그 집에서도 알았기에 어쩌면 결혼 언급전부터 그녀에게 헤어짐을 종용했던 것이 아닐까 싶었다.

그의 연락을 받아준 것도 아마 막연한 두려움과 그가 자신이 어쩔 수 없다는 걸 반복해서 언급하면 온전히 받아들일 거라 여겨서 받아준 것이 아닐까 추측해 보았다 그것에 그는 착각을 했던 것이다.

그에게 재회는 힘들 것이라고 말했다. 그 이유 자체가 그 집보다도 당사자인 그녀가 행동해야 하는데 마음이 있든 없든 행동하지 않는 것이 변하지 않는데 그것을 설득하듯이 해서는 그녀의 뜻이 아니기 때문에 반대는 더 커질 것이라고 했다.

그래서 가급적이면 아쉽지만 관계를 정리하는 게 맞지만 정말 그녀를 위한다면 더 연락하지 않는 상태에서 기다려보는 것을 권장했다. 그녀가 정말 간절하다면 먼저 행동할 것이라는 말에 그는 기다려보겠다고 했지만 어떠했는지는 알 수 없다. 부디 그녀가 그를 위해 단호하길 바랄 따름이었다.

나에겐 잠시 옷깃 여미는 순간
너에겐 내내 날카로운 북풍의 시간
지나간 자리를 보고도 빙그르르
뒤늦게 서성이다 해보는 탄식

#두_사람의_입장이_같아야_하는_이유

14

남들은
다 알고
두 사람만 모르는

그녀는 그와 사내연애를 했다고 한다. 입사 동기로 서로에게 힘이 되어주다가 사귀게 되었는데 회사의 일이 많아지면서 서로에게 소홀해지고 함께할 시간이 부족해지자 자연스럽게 헤어지게 되었다고 한다.

짧은 만남 동안 그와의 관계는 좋았고 그에게는 배울 점이 많아서 항상 존경심이 있는 마음을 바라보기도 했다고 한다. 그래서 그와 헤어질 때도 나쁘게 헤어진 것은 아니었다고 한다.

서로의 마음이 상황 때문에 어느 정도 멀어졌다는 것을 함께 인정했고 어차피 서로의 일을 알고 함께 해야 하기에 응원하고 도울 것은 돕기로 했다고 한다. 때문에 그와는 헤어지고 나서도 종종 연락했다고 한다. 주로 일에 대한 하소연이었는데 그가 다른 팀으로 이동하고 나서는 더 많이 대화하게 되었다고 한다.

그렇게 지내던 어느 날 둘 다 시간이 괜찮아서 근처에서 만나서 가볍게 술 한잔하면서 이런저런 이야기를 나누었는데 사귀었을 때의 그의 모습이 겹쳐 보이면서 그에 대한 마음이 다시금 생겨났다고 한다.

남들은 다 알고 두 사람만 모르는

그날의 대화 주제는 그의 집에서 선 자리가 들어왔는데 여전히 바빠서 누군가와 만나서 연애하고 결혼하는 것이 가능할지에 대한 푸념이었는데 전 여자친구인 만큼 사정을 잘 알기에 편했고 또 그렇기에 이야기를 꺼내기가 불편한 면도 있어서 그가 조심스럽게 자신에게 이야기하는 것을 보며 그녀는 여전히 그가 자신을 배려한다고 느꼈다고 한다.

둘은 회사에서 몰래 사귀었는데 헤어진 이후 알게 된 것이 자기들끼리만 몰래였고 사실은 다 알고 있었다고 한다. 업무에 지장이 생기면 언급할 생각이었는데 둘 다 일에 열심히 하는 것을 보고 다들 달달한 맛으로 지켜보았다고 한다.

그렇기에 다들 둘의 이별에 아쉬움을 보였다고 한다. 회사의 일이 바쁜 건 모두가 알고 있기에 결국 어쩔 수 없지라는 반응이 주류였는데 여전히 그와 연락하고 지내는 모습을 보면서 주변에서는 다시 잘해보라는 말도 장난처럼 있었다고 한다.

그때는 웃어넘겼는데 그가 다른 사람이 생길지도 모른다는 것을 그 술자리에서 느끼고 난 이후에는 그녀는 크게 마음의 동요가 생겼다고 한다. 여전히 자신들은 바빠서 하루하루를 살아가는 것조차 힘든데 그런 사람에게 다시 사귀자고 하는 것이 맞는 것인지 혹은 다시 사귀더라도 이번에는 헤어지지 않을 것인지 고민이었다고 한다.

이별 사연 중에서 자주 접하는 유형 중 각자의 바쁜 사정은 두 사람이 서로에 대한 악감정이 없으면 시간이 조금 지나더라도 재회 가능성이 높은 유형에 속한다. 다만 그 바쁘다는 것을 어떻게 해소할지가 관건이 된다.

그녀의 사연의 경우에는 재회가 쉬운 유형인 것을 떠나서 아직 두 사람이 여전히 서로를 마음에 두고 있음을 그들만 모르는 것 같아 보였다. 그가 선 자리가 들어왔다고 이야기한 것도 내심 그녀의 마음을 떠보기 위한 것으로 필자에게는 보였다.

우선은 그녀에게 그에게 솔직하게 마음을 전하고 그의 입장을 들어보라고 조언하였다. 그도 분명 또 반복되진 않을까 하는 두려움이 있으면서 한편으로는 여전히 그녀를 위하고 있음이 분명해 보였기에 그녀의 진심을 그저 자신의 두려움이라는 관점에서만 다루지 않을 거라는 확신이 있었다.

덧붙여서 그녀에게는 만일 다시 만날 거라면 복잡한 생각을 하기보다 두 사람이 헤어진 문제인 바쁜 일을 어떻게 조정할 것인지 정한 다음 이야기를 꺼내라고 덧붙였다.

이런 문제에서 가장 효과적인 해결책은 즉흥적인 만남보다 계획적인 만남이 유효하기에 그와 다시 만난다면 바쁜 만큼 기간을 정해서 몇 번을 만날 것인지 연락은 어떻게 할 것인지 등을 정하라고 말하였다. 서로에게 미안한 감정이 생기지 않도록 하는 것이 재회 이후의 관계를 결정지을 것이기 때문이다.

얼마 뒤 그녀는 재회했다는 말을 전해왔다. 앞서 조언한 것처럼 규칙을 정하고 둘은 이전보다 편안한 마음으로 부담 없이 함께하기 시작했다고 한다. 시간이 지나 그들의 일이 덜 바빠지면 그들의 관계는 더욱더 발전할 것이다. 부디 그날에 지금을 돌아보며 웃으며 추억하길 바라본다.

우린 주저리 떠들어대며
쏟아지는 소나기 같았어
이제 긴 흐린 날이 가시면
그때 나눠 마시던 카페의 커피
따뜻히 데워 그 가을에 보자

#남들은_다_알고_두_사람만_모르는

15

친구라는 이름으로 곁에 있는 사람이 있다면

그녀의 전 남자친구와 자신은 서로에게 첫사랑이었다고 한다. 하지만 당시에 그녀는 그보다 마음이 적었고 그저 그냥 좀 더 가까운 친구 정도의 감정이었다고 한다. 그래서 그녀는 그와의 관계에서 마음이 더 커지지 않아서 정리했다고 한다.

이후 오랜 시간이 지나 올 때까지 그저 친구로만 서로를 칭하며 종종 만나며 지내왔다고 한다. 그녀에게 있어서 그는 터놓고 고민 상담을 할 수 있는 대상이었고 서로의 또 다른 연애를 지켜보면서 기쁠 때도 슬플 때도 항상 서로를 응원해 주었다고 한다.

하지만 어느 날 함께 친하게 지내던 친구로부터 그가 자신과 헤어진 이후 계속해서 자신을 좋아했다는 것을 듣게 되었다. 하지만 그녀는 믿어지지 않았던 것이 자신과 헤어진 이후 그는 기간이 짧을 때도 있었고 길 때도 있었던 연애를 몇 번이나 했음을 알고 있었기 때문이다.

그리고 그 연애에서 힘들어했을 때 위로해 준 것도 자신이었기에 그가 자신을 좋아했다는 것이 믿어지지 않았다는 것이었다. 그래서 그녀는 그에게 그 이야기를 전달했는데 그의 반응이 다소 당황한 모습이었으나 말도 안 된다면서 이야기를 넘겼다고 한다.

그 이후 두 사람 사이에는 여태까지와 다른 이상한 느낌이 들었는데 그는 아무 일 없는 듯 평소처럼 대하는 행동에 그녀는 정말 헷갈리기 시작했다고 한다. 그가 긴 세월 동안 자신을 좋아했던 것이 사실이라면 지금도 좋아한다는 것인데 그렇기에는 아무런 행동도 하지 않는 그의 모습에 헷갈려서 상담을 신청하게 된 것이었다.

필자는 그녀에게 그 세월 동안 그가 한 번도 마음을 내비친 적이 없는지를 물었다. 그녀는 그게 연인과 헤어질 때마다 자신과 같은 사람을 만났다면 잘 지냈을 텐데라는 말을 몇 번 한 적이 있지만 어디까지나 자신이 위로해 줘서 분위기상 그랬던 것이었다고 생각하였다고 한다.

그는 그녀가 힘들 때마다 함께하였다 여자친구가 있든 없든 그녀가 힘들다면 자신의 일처럼 들어주었고 그녀가 자신을 필요로 하면 만사 제치고 도왔다고 한다. 그렇게 보면 그가 그녀에게 마음이 있었던 것은 분명해 보였다.

하지만 그녀를 헷갈리게 하는 것은 그의 연애 경험 때문일 것이다. 정말 그녀를 좋아했다면 계속 혼자였을 거란 것이 그녀의 생각이었는데 그녀의 입장에서는 이기적이게 보일지 모르겠지만 아마 필자의 생각으로는 그가 그녀를 잊기 위해서 다른 연애를 한 것이 아닐까 추측해 보았다.

첫사랑은 잊히지 않는다는 말이 있다. 설렘이라는 생소한 감정과 사랑이라는 마음에 처음 발디딘 사람을 잊기란 쉽지 않은 것이 사실일 것이다. 그렇기에 함께하지는 못하더라도 친구라는 관계는 그에게 좋은 구실이 되었을 것이다.

마음에 이끌려 고백하지만 않으면 관계는 어지간해서 끝나지는 않을 것이고 그렇게 적당히 그녀의 곁에 있다 보면 혹시나 모를 기회도 생길 수 있을지 모르니 말이다.

하지만 딱 일편단심이기에는 쉽지 않기에 외로움에 다른 사람을 바라보게 되기도 했을 거라 생각이 되었다. 그렇게 자신의 외로움을 해소함과 동시에 그녀를 잊기 위해서 다른 연애를 해왔던 것은 아닐까 하는 생각이 들었다.

그럼에도 그 연애에 온전히 충실하지 못하였기에 지금처럼 그녀 주위에서 그 자리를 떠나지 못하고 남아 있었던 것일지 모른다. 그런 추측을 그녀에게 들려주며 만일 친구 이상의 감정이 조금이라도 있다면 서로 혼자인 지금에 그와 확실히 하는 것이 좋을 것이라고 조언하였다.

분명히 지금의 거리감에서 만족하는 부분이 있겠지만 감정을 의식한 지금에서는 어쩌면 만족을 희생해서라도 서로에게 분명히 해야 어느 날 갑자기 상처받는 결론에 닿지 않을 테니 말이다.

과거에는 마음이 더 생기지 않아서 혹은 상대의 마음이 부담스러웠더라도 그때보다 성숙해진 지금에는 분명 서로를 더 알게 된 만큼 새로운 시작이 가능할 거라고 덧붙여 주었다.

만일 당신도 이렇게 엇갈리는 사람이 있다면 다시 잘 생각해 보길 바란다. 지금 이대로도 괜찮은지 말이다.

나도 날 잘 모르겠다는
그 핑계로 봄바람에 앓던 날부터
난 왜 거기 그대로인지
차라리 네가 날 버려줘
아니 버리지 말아 줘

#친구라는_이름으로_곁에_있는_사람이_있다면

16

옛 감정에
흔들리지
말아야 하는 이유

그는 우연히 오래전 헤어진 여자친구를 다시 마주치게 되었다고 한다. 그가 그녀를 마주친 곳은 자신이 일하는 매장의 옆 매장의 직원으로 그녀가 들어오면서 마주치게 되었다고 한다. 이후 출퇴근길에 반복적으로 마주치며 그는 그녀에게 먼저 말을 걸어 다시 연락이 시작되었다고 한다. 하지만 그에게는 여자친구가 있었다.

그는 바람을 피울 생각으로 전 여자친구에게 말을 걸었던 것은 아니었다고 하였다. 단지 오랜만에 만난 그녀가 반가워서 말을 하고자 하는 마음이 처음에는 더 컸다고 말하였다. 그렇게 조금씩 말을 이어가다 보니 점점 옛 감정이 살아났다고 한다.

여자친구와 관계가 나빴던 것은 아니었기에 그는 그녀와 연락한다는 것 자체가 지금의 관계를 악화시킬 것이라는 것을 충분히 알고 있었는데 옛 연인을 볼 때마다 감정적으로 동요가 생기는 것이 괴로워서 상담을 신청한 것이다.

그에게 전 여자친구는 혼자인지 물어보니 그녀는 혼자였다고 하였다. 아마 그 부분 때문에 그는 그녀에게 흔들리는 부분이 생긴 것이 아닌가 싶었다. 그에게 그럼 원하는 것은 그녀와 만나는 것이냐는 추가질문에 그는 그것은 아니라고 했다. 단지 지금의 감정을 추스르기가 힘들다는 말만을 반복했다.

그에게 있어서 그녀는 안타까움으로 기억되고 있었다. 지금도 자신이 다소 한심하다고 생각하는데 그녀와 만났을 당시에는 정말 구제불능이라는 표현이 맞을 정도로 한심했다고 자신을 표현하였다. 그래서 그때 당시 자신에게 잘해주었던 그녀에게 감정적으로 미성숙하게 대하였고 결국 둘은 헤어질 수밖에 없었다고 한다.

당시에 심적으로 여유가 없었지만 지금 생각해 보면 그것은 이유가 될 수 없기에 미안한 마음만 가득하다고 하였다. 그래서 그는 그녀가 자신의 연락을 받아준 것만으로도 고마운 마음이 들었다고 하였다.

그녀와는 자주 연락하는 것은 아니지만 오다가다 마주칠 때 간단한 인사와 쉬는 날 그냥 뭐 하는지 묻는 정도의 연락을 하는 것으로 보였다. 아마 그녀의 그런 반응에 그는 그녀와의 관계에서 더 감정적 동요를 느끼는 것이 아닐까 싶었다.

그녀와 딱히 무언가를 한 것은 아니지만 그의 기억 속에 그녀는 여전히 고마웠던 사람과 미안했던 사람으로서의 모습이 공존할 것이다. 그 모습에 대한 마무리나 완성된 기억이 없이 그저 안타까운 시점에 자신의 바보짓으로 잃어버린 사람으로 계속 고정되어 있는 것이다.

그녀를 다시 만나고 말을 걸었을 때 그녀가 강하게 거부했다면 이야기가 달랐겠지만 그녀의 반응에 그는 무언가 만회하고 싶은 감정이 살아나서 이전의 기억을 꺼내서 지금에 이입하는 것으로 보였다.

사람은 대부분 완성된 것에 대한 기억보다 미완성된 것에 대한 기억이 더 오래 잊히지 않는다. 그렇기에 그가 말하는 옛 감정이라는 것은 그녀와 다시 연인 관계를 가지는 그런 감정이라기보다는 자신이 실수한 것을 만회하고자 하는 감정에 가까울지 모른다는 생각이 들었다.

하지만 그 만회라는 것도 철저하게 그의 욕심일 뿐이며 더 나아가서는 과거를 치유하고자 지금 함께하는 사람에게 상처를 주는 행위가 될 수 있음을 인지하지 못하는 것을 보았다. 그래서 그에게는 그녀와 무의미한 연락을 이어가기보다는 그때를 정리하기 위해 따로 날을 잡아서 만나라고 조언했다.

그녀가 어떤 생각으로 그의 연락을 받아준 것인지는 알 수 없다. 어쩌면 그녀는 그와 좋지 않게 헤어졌음에도 다시 만난 그에게 그녀 또한 어떤 감정을 느꼈을지 모른다. 하지만 두 사람에게 있어서 그것은 좋은 선택은 아닐 것이다.

따라서 그가 과거의 그녀에게 마무리함으로써 둘의 관계는 정리하는 것이 좋아 보였다. 그에게는 그녀를 만나서 과거의 잘못에 대해서 사과하고 그녀에게 솔직한 감정을 터놓으라고 조언했다. 지금의 상황에 대해서도 덧붙이고 그때 그 시절에 잘해주지 못해서 성숙하지 못해서 미안했음을 전달하고 마무리를 짓도록 하였다.

옛 감정은 사람을 흔들 수 있다. 하지만 그것이 지금의 상황을 상처 준다면 그것은 옳은 길이 아님을 인지해야 한다. 그가 바른 선택을 한 것이 기쁠 따름이다.

우리 사이에 존재하는
어려운 세 가지가 있다면
돌아보는 기회
돌아가는 자리
돌이키는 마음

#옛_감정에_흔들리지_말아야_하는_이유

17

배신의
상처에서
벗어나는 방법

그는 과거 여자친구의 바람으로 인해 트라우마가 생겨서 한동안 대인기피증으로 치료를 받았다고 한다. 너무나도 믿었던 사람이었기에 그리고 평소 그녀는 신뢰도가 높았던 사람이기에 그는 그 상처로부터 헤어 나오기가 힘들었다고 했다.

그러던 그가 어느 정도 정상적으로 생활할 수 있게 된 지는 얼마 되지 않았는데 자원봉사를 하러 다니기 시작한 곳에서 자신에게 다가오는 사람 때문에 고민이 생겼다고 한다.

그는 많이 회복뇌어서 사람을 기피하는 증상은 없어졌지만 여전히 누군가와 친밀한 관계를 만드는 것에는 어딘가 불편한 마음이 있다고 말했다. 그가 꽤 오랜 시간 사람에 대한 불안감을 경험한 만큼 그것은 이상해 보일 것이 없었다.

아무리 회복되었다고 해도 일상생활에서의 회복을 척도로 삼는 만큼 타인과 교류는 가능할지라도 새로운 관계를 만들고 그 관계를 어느 정도까지 신뢰하고 받아들일지는 더 나아간 과정일 테니 말이다.

그에게 다가온 사람은 자신보다 4살 정도 많은 연상의 누나였다고 한다. 처음 봉사

를 하러 갔을 때 그에게 먼저 말을 걸어주었고 잠깐씩 쉴 때도 자신의 개인적인 이
야기를 하며 그와 함께 소소한 이야기를 나누었다고 한다.

그는 그녀가 그렇게 먼저 다가와 준 것에 고마움을 느꼈으나 개인적인 이야기나 질
문을 할 때는 다소 난감하였다고 한다. 사람을 받아들이고 아니고를 떠나서 지금의
자신은 초라하기만 해 보였기 때문이었다고 한다.

그리고 그는 이어서 말하길 전 여자친구도 사귀기 전과 사귀고 난 이후에도 자신의
고민을 들어주고 의지가 많이 되었던 사람이라 그녀와 겹쳐 보이는 것이 무엇보다
도 힘들었다고 말하였다.

전혀 다른 사람이라는 것은 알고 있지만 그게 말처럼 쉬운 것은 아니기에 그는 그렇
게 다가온 사람과 어떻게 거리감을 두고 관계를 이어나가야 할지 막막했다고 말한
다. 연애는 고사하고 그냥 사람과의 관계를 어떻게 해야 할지 모르겠다고 하였다.

그의 이야기를 들으면서 그간 상담을 하면서 좋지 않은 연인을 만나 상처받고 비슷
한 환경이나 모습 등에 강하게 거부반응이나 불안감을 느끼는 경우를 보았던 것이
떠올랐다. 자주 보는 상황임에도 쉽게 적응되지 않는 일이기도 하다.

그에게는 우선적으로 '관계'라는 것에 너무 얽매이지 않는 쪽으로 조언하였다. 현상만
을 놓고 봤을 때 그녀가 먼저 다가오고 있는 것은 맞지만 그게 어떤 의도인지는 알 수
가 없다. 그녀가 그냥 누구에게나 그런 사람일지 모르고 그게 아니더라도 당장 무엇을
하자는 것이 아니기에 '관계'를 만든다는 개념으로 바라볼 필요는 없다고 말했다.

따라서 그에게는 반복적으로 하는 활동에서 접하게 되는 하나의 현상으로서 우선을 다뤄나가보기를 조언했다.

그녀가 다가와서 말을 걸고 그녀와 대화를 나누는 그 현상에만 집중할 뿐 그 이후의 상황이나 둘의 관계에 대해서는 가급적이면 생각을 비우는 연습을 하다 보면 그 상황에 적응하게 될 것이고 충분히 적응되어서 여유가 생길 때 그다음을 생각해도 늦지 않다는 것이다.

그 말을 들은 그는 불편해서 피하는 것만 생각하고 있었는데 작은 부분부터 적응하는 개념으로 접근하는 것은 할 수 있을 것 같다고 이야기를 하였다. 이후 그는 몇 번 더 상담을 받으면서 봉사활동에서 만난 그녀와의 일화들을 이야기하며 이별로 인한 상처를 극복해나갔다.

그가 극복해 나간 것처럼 우리는 큰 아픔 속에서도 다시 삶을 쌓아 올릴 수 있는 힘이 있다. 큰 상처를 입고 방황하는 이들에게는 쉽게 와닿지 않을 말일지 몰라도 결국에는 괜찮아질 것임을 믿었으면 좋겠다.

아픔의 원인과 비슷한 상황을 마주하면 불안할 수 있다. 하지만 우리는 기억해야 한다. 분명 같지만 다르다는 것을 그리고 그 같은 부분이 만든 결과가 아닌 지금 당장에 집중해야 함을 그렇게 할 수 있다면 어떤 아픔도 극복해낼 수 있을 것임을 말이다.

그가 그랬던 것처럼 당신도 할 수 있을 것이다.

오늘만이 아니야
어제부터 쭉 이어지던
나를 조여오는 기분을
네게 말할 수 없어서
겨우 성에 낀 검은 창 폭에
번지듯 문질러 흘려보내

#배신의_상처에서_벗어나는_방법

18

짧은 만남
짧은 이별

그녀는 대체적으로 100일을 넘기는 연애를 해본 적이 없다고 하였다. 빠르면 한 달도 되지 않은 기간만에 헤어진 경우도 있다고 하였다. 그리고 그렇게 헤어지고 얼마 되지 않아서 다시 누군가를 사귄다고 하였다.

그런 그녀에게 있어서도 이별의 아픔은 늘 힘들다고 하였다. 하지만 어릴 때 듣게 된 '사람은 사람으로 잊는다'라는 말에 깊게 공감하여 지금까지 헤어지면 무조건 소개팅을 잡거나 앱을 이용하여 새로운 남자친구를 만들었다고 하였다.

물론 그렇게까지 적극적이게 하지 않아도 기다렸다는 듯이 누군가가 접근해서 그녀와 사귀게 되는 경우도 많았다고 한다. 그녀는 자신은 특별하게 따지는 게 없어서 자신을 좋다고 하면 쉽게 받아들여졌다고 말하였다.

그녀의 그런 모습 때문인지 몰라도 그녀가 사귀었던 사람들의 이야기를 들어보면 좋은 마음으로 다가온 사람은 그렇게 많지 않아 보였다.

그저 그녀의 몸을 탐하여 위로를 가장하여 접근한 남자부터 그냥 그녀는 쉽게 사귈 수 있을 것 같아서 접근 한 남자 혹은 앞선 사람들과 같은 의도는 없지만 그냥 사람 자체가 문제가 있는 사람 등 그녀는 다양한 좋지 않은 사람을 많이 사귀었던 것으로 보였다.

그녀가 그런 사람들의 나쁜 점을 몰랐거나 혹은 의도를 몰라서 못 피한 것은 아니라고 하였다. 적당히 나쁜 면과 의도가 보였음에도 우선적으로 외로움을 견딜 수 없었고 아픔을 견딜 수 없었기에 누구라도 같이 있었으면 좋겠다는 생각에 선택하게 되었다고 하였다.

여기까지만 봐도 우리는 그녀의 문제가 무엇인지 대략적으로 알 수 있을 것이다. 이별을 아픔을 겪고 더 아픔을 겪지 않기 위해서는 자신에 대한 이해와 함께 할 사람을 신중하게 선택하기 위한 과정이 필요한데 그녀는 그냥 괜찮은 순간만을 위해서 선택하고 경험한 다음 좋지 못하면 바로 이별을 경험하는 식으로 안 좋은 순간만 반복하게 된 것이다.

그런 악순환에서 빠져나오고자 한다면 우선적으로는 혼자서도 괜찮음을 학습할 필요가 있다고 보였다. 그러기 위해서는 즉각적으로 아픔이나 외로움을 달래주는 형태로 남자를 만나는 것보다 더 큰 동기가 필요해 보였다.

그녀는 아무 남자나 괜찮다고 말하였지만 헤어진 순간들을 보면 그녀가 그들에게 질린 경우가 대부분이었다. 그러면서도 막상 헤어지면 허무함과 동시에 느껴지는 외로움에 아파했다고 하는데 그 또한 습관으로 자리 잡은 것이 아닐까 하는 생각이 들었다.

때문에 질리지 않는 남자를 찾는 것을 목표로 두는 것을 첫 번째로 해보기로 하였다. 잠자리가 되었든 혹은 다정다감함이 되었든 혹은 능력이 좋아서 쉽지 않은 경험을 하게 해주든 그녀가 남자와 함께 있을 때 어떤 것이 뛰어났을 때 가장 질리지 않는지를 생각해 보기로 하였다.

그 과제를 준 일주일 뒤 그녀는 생각해 봤는데 어린 시절 자신이 아버지에게 느꼈던 듬직함을 가진 남자였으면 좋겠다는 생각을 하였다고 한다. 계속 반복되는 이 상황에서 듬직하고 책임감 있는 남자라면 자신을 계속 끌고 가주지 않을까 하는 생각에 선택하였다고 했다.

그녀는 상담을 시작하고 나서 자신이 처음으로 남자친구가 없는 기간을 길게 보냈다고 한다. 감정적으로 힘들 때마다 상담을 한 것이 도움이 되었다고 하는데 그러다 보니 차분하게 남자를 선택할 수 있을 것 같다는 생각도 들어서 자신에게 다가오는 남자들도 일단은 다 거절한 상태라고 하였다.

또한 그녀는 거의 난생처음으로 '이상형'에 맞는 사람을 찾는 것에 몰두해 보았다고 한다. 결국 그녀는 지금까지의 사람들처럼 가볍게 만난 것이 아닌 그녀 나름으로 신중하게 선택하여서 연애를 시작하게 되었다. 그리고 그녀는 약 1년 뒤 처음으로 길게 연애를 이어가고 있다며 커피 기프티콘과 함께 감사의 인사를 건네왔다.

그녀는 잘못된 이별 극복 방식에서 벗어나서 진정으로 제대로 된 이별 극복 방식을 익힘으로써 좋은 연애를 선택하는 방향을 찾을 수 있게 된 것이다. 이제 그녀에게는 짧은 만남도 짧은 이별도 없을 것이다.

야트막이 비치는 물빛이 좋아서
으슬해진 젖은 몸도 내던졌던 너
깊은 코발트 블루의 깊은 심해에
가게된다면 손 놓지말고 함께 가자
널 잃지 않게 항상 두 팔 뻗을게

#짧은_만남_짧은_이별

19

이별의 이유를
극복하지 못해도
괜찮을까?

그녀는 경제적 사정으로 인해서 정말 잘 통했던 남자친구와 헤어진 이후 경제적 사정이 조금이라도 불안정한 남자와는 관계를 이어가지 못하거나 혹은 사귀다가도 조금만 불안정해지면 먼저 이별을 택하고 떠났다고 하였다.

그녀는 과거의 이별에서 벗어나지 못하고 있었는데 다른 누군가를 만나면서도 계속 그때의 일이 떠올랐다고 하였다. 그녀는 과거에 잘 통했던 남자친구와 사귀는 도중에는 경제적 사정이 여유롭지 못한 것이 문제가 되진 않았다고 한다.

그저 없으면 없는 대로 있으면 있는 대로 상황을 즐겼고 남들과 비교하기보다 둘만을 바라보며 행복하게 잘 지냈다고 한다. 하지만 결국 결혼을 결심했을 때는 그것이 큰 걸림돌이 되었고 양가의 거센 반대로 인해서 이별하고 한동안 삶을 제대로 살 수 없을 정도로 큰 아픔을 겪었다고 한다.

몇 년 만에 그 사람을 잊고 30대 중반이 된 시점에서 다시금 결혼을 하기 위해서 연애를 시작해 보려 했는데 그녀에게는 더 이상 과거 같은 마음이 생기지 않았다고 한다.

우선적으로 경제적 사정이 풍족하지 못하면 이성으로 마음이 생기지 않았으며 처음에는 사정이 괜찮다가 조금만 불안정해지거나 불안정한 길로 갈 것 같은 선택을 하면 하루아침에 마음이 식어버리고 정이 떨어졌다고 한다.

그런 자신의 태도에 과거의 일로 자신이 속물이 된 것인가 생각하며 스스로 자책하기도 하였는데 도저히 예전처럼 그냥 사람만 보고 만나기에는 두려웠다고 말한다. 누군가와 정이 들고 사랑을 하고 모든 힘과 시간을 들였는데 또 경제적 이유로 사람을 잃게 되면 다시는 누군가와 함께하고 싶지 않을 것 같기 때문이라고 하였다.

그녀는 속물이 되었다기보다는 여전히 과거의 이별을 극복하지 못한 것으로 보였다. 그리고 그 이별의 아픔을 여전히 겪고 있으며 더 겪지 않기 위해서 자신을 극단적으로 보호하려는 것으로 보였다.

필자는 그녀에게 과거의 아픔을 꼭 극복할 필요는 없다고 말하였다. 아픔을 직면하고 잊지 않고 있다면 삶의 상황 속에서 자연스럽게 납득이 되는 답으로 방향을 전환해서 살아갈 수 있고 그러다 보면 자연스럽게 극복하지 못한 방향 또한 어느 정도의 타협점이 나올 것이라고 말하였다.

대게 우리는 한계를 극복해야 한다거나 과거의 아픔을 이겨내야 한다는 식으로 생각하고는 한다. 물론 그것이 잘못된 말이라고 할 수는 없다 아픔은 이겨내야 하며 한계는 무리하지 않는 선이라면 늦거나 조금이라도 넘어내야 발전이 있기 때문일 것이다.

하지만 꼭 그렇게 하지 않아도 다른 길도 있는 법이다. 내가 추구해왔던 것으로 돌아가지 못하더라도 다른 방식으로라도 삶은 이어져간다. 내가 극복하지 못했던 것이 계속 마음에 남아서 나를 괴롭히더라도 다른 방향과 방식으로 향해 가다 보면 내가 극복하지 못 했던 것에 대한 생각도 조금은 달라지거나 거부감이 덜해지기 마련이다. 물론 그것을 회피나 합리화로 생각하는 사람도 있을지 모른다. 하지만 때로는 그것도 생존을 위해서는 필요한 요소가 된다.

그녀에게는 그만큼 과거의 아픔이 짙게 남은 것이다. 아무리 결혼이 두 사람만의 것이 아니라고 해도 두 사람의 의지가 가장 중요한데 그 의지가 자신이 아닌 외부의 상황으로 인해서 꺾여버렸다면 그만큼 무력감이 느껴지고 상처가 되는 일은 없을 것이다.

그렇기에 그녀에게는 믿음을 가지고 만나다 보면 이전과 같은 일은 없을 거라는 조언을 하기에는 너무나도 무책임한 것이다. 오히려 극단적이게 보이는 그녀의 지금의 선택에서 그녀가 지치지 않도록 하는 것이 더 필요할 것이다.

그래서 그녀에게 과거를 극복하기보다 지금의 선택을 좀 더 정교하게 해서 사람을 만나보기를 권하였다. 경제능력이 어느 정도 충분하고 그 사람의 미래를 내다봤을 때 극단적으로 불안을 조장하지 않을 영역의 사람을 만나고 그것을 위해서는 그 외의 조건은 포기하거나 타협하는 방향으로 조언하였다.

시간이 지나면서 그녀는 점점 많은 부분을 조정하고 타협하면서 극단적으로 경제적 안정을 중시하는 부분을 완화시켜나갔다. 여전히 결혼에 닿지는 못했지만 그녀의 마음은 충분히 안정됨을 확인했기에 그녀의 삶은 괜찮아질 것이라고 전망해 보았다.

알지 못했던 지난날들
그 상태로 머무는 공간은
벗어날 수 없이 떠다니는
나만의 창살 없는 소우주
보이지 않는 열쇠로 꺼내주길
기다리는 주인공은 아니기에
오늘도 고개를 돌려 과거를 부순다

#이별의_이유를_극복하지_못해도_괜찮을까?

20

더 좋은 사람을
만날 수
있을까?

그녀가 그를 떠나지 못하는 이유는 더 좋은 사람을 만나지 못할 것 같아서라고 말했다. 하지만 그녀는 그와 함께 있는 시간이 너무나도 괴롭다고 하였다.

그의 첫인상은 다정다감한 사람이라는 이미지가 있었다고 한다. 먼저 솔선수범하였고 대체적으로 부탁을 잘 들어주는 사람이었고 반듯한 사람이라서 주변에도 평판이 꽤 좋았다고 한다. 그러면서 동시에 자신의 실속은 챙기는 사람이라 자신과 사귀기 전에도 그를 남자친구로 만들고 싶어 하는 여자들이 많았다고 한다.

경쟁자가 많다는 것을 알았음에도 그녀 또한 그를 사귀고 싶다고 생각했기에 그가 좋아하는 것을 좋아하려 노력했고 그가 참여하는 모임에는 빠짐없이 참여하였다고 한다. 그러던 어느 날 모임이 끝나고 단둘이 술을 마시게 된 날 잠자리를 하게 되었고 둘은 사귀게 되었다고 한다.

잠자리를 먼저 하게 되었던 것에 대한 걱정과는 달리 그는 자신이 보았던 모습 그대로 다정다감하게 자신에게 대해주었고 사귀는 동안 자신이 불안할 만한 모습을 보인 것도 없었다고 했다.

그렇다면 지금의 그녀는 왜 그와 헤어지고 싶은 것이며 왜 괴롭다고 하는 것인지 물었다. 그녀는 그의 그런 모습이 좋았지만 시간이 지나면서 그가 모두에게 호감형으로 보이려는 모습에 자신도 동참해야 하는 상황이 빈번하게 발생하자 피로감이 쌓이기 시작했다고 한다.

그가 그녀와 사귀기로 마음을 먹은 것도 그녀와 함께 잠자리를 하게 된 것도 있지만 무엇보다 자기처럼 집단에서 사람들과 어울리는 것을 좋아하고 그들과의 관계를 잘 해보려는 같은 성향의 사람으로 생각해서 좋게 본 것이 있다고 말했다.

즉 그녀가 그를 얻기 위해서 노력한 것이 그녀의 본 모습은 아니었음에도 그는 그 모습의 그녀에게 호감을 가지게 된 것이며 앞으로도 그렇게 하면서 사귈 수 있는 사람이라 여겨서 사귀기로 마음먹은 것이었다.

그에게는 과거 모두에게 좋은 사람인 그를 견디지 못해 다투고 헤어진 경험이 있었다고 한다. 자신은 기본적으로 사람들에게 잘해주는 것을 좋아하며 그 사람들이 자신에게 고마워하고 자신을 좋게 대해주는 것에 보람을 느끼며 살아간다고 말할 정도로 집단에 열정적인 사람이었다.

그러다 보니 회사에서도 모임에서도 그의 평판은 좋을 수밖에 없었는데 그는 언젠가 자신이 사귈 여자친구도 그렇게 같이 집단의 인정을 받는 사람이길 원했다고 한다.

그것에는 그 역시도 모두에게 좋은 사람이 되면 여자친구가 뒷전이 되는 느낌을 줄 수 있는데 만일 함께 집단과 잘 어울린다면 그런 느낌이나 혹은 다른 이성에게 느끼는 불안감이 없을 거라고 생각했기 때문이라고 한다.

그녀는 돌이켜보면 절반 이상은 둘만의 데이트가 아니라 그의 친구 혹은 자신과 공통된 지인들과 함께 어울리는 자리가 많았다고 하였다. 그 또한 처음에는 좋았는데 시간이 지나니 연애하는 느낌이 들었다기보다 모두에게 인정받으려 하는 느낌이라 버겁기만 하였다고 한다.

원래 그녀의 성격은 그렇게 집단 친화적인 성향이 아니었으며 소수의 인원과 어울리는 것을 더 선호하는 성향이었기 때문에 특히 더 힘들 수밖에 없었다고 하며 "두루두루 잘 지내는 게 나쁜 건 아니잖아." 라는 그에 말에 말문이 막혔다고 한다.

그렇게 안 맞는 것을 확인했음에도 그는 여전히 좋은 사람이기에 그 사람과 헤어지면 전반적으로 평균 이상인 그처럼 좋은 사람을 만날 수 있을지 알 수 없고 헤어지면 후회할 것 같아서 망설이고 있다고 하였다.

필자는 그녀에게 헤어지는 것이 맞는다고 이야기해 주었다. 그가 분명 전반적으로 좋은 조건을 갖췄을지 모르지만 그 좋은 조건들이 그녀의 불행을 보상해 준다고 느끼는 것이 아니라면 다소 후회할지 몰라도 자신에게 행복을 준다고 여기는 것을 가진 사람을 만나서 다른 불평을 하는 것이 더 사랑이라 느낄 것이라고 덧붙였다.

더 좋은 사람을 만날지는 알 수 없다 하지만 적어도 지금의 고통이 영원해지는 것보다는 나은 미래가 기다리고 있을 것이다. 그것만 생각한다면 분명 후회는 없을 것이다.

걸음걸이를 맞출 수 없는
전속력인 마라토너의
뜀박질을 따라잡으려 않아도 돼
나보다 한 걸음 늦게 맞추며
뒷모습까지도 지켜봐 줄 이도 있으니

#더_좋은_사람을_만날_수_있을까?

21

당신의 이별은
이랬으면
좋겠다

부정하지 않겠다. 이별은 언제나 힘들고 어떤 미사여구를 붙여 포장하더라도 겪는 이에게는 결코 아름다운 것은 아님을 말이다.
그렇게 힘든 이별을 겪어내고 있음을 부정하지는 않겠다.

누군가 어떻게 하면 이별을 잘 극복할 수 있냐고 묻는다면 당신도 알법한 뻔한 이야기를 해줄 것이다. 하지만 이별은 잘 극복하는 것은 아니라고 생각한다. 어떻게 하면 함께 공존할 수 있을까에 좀 더 가깝다고 생각한다.

어떻게 이별해도 후유증이 남는다. 그것은 그 순간을 초월해서 지금의 사랑에도 영향을 준다. 누군가는 아픈 만큼 성숙했다고 말하고 누군가는 아픔에서 벗어나지 못했다고도 한다.

어느 쪽이든 당신이 이별을 정의했다면 그것이 맞을 것이다. 당신에게는 그것이 옳은 관점이며 앞으로 이별과 함께하는 모습이 될 것이다. 때로는 그 이별이 당신에게 아픔도 줄 것이며 때로는 다행이라는 감정도 줄 것이다.

그렇기에 이별의 감정 자체를 부정하거나 억지로 떠나보내려 하지 않았으면 좋겠다. 왜냐하면 인정하고 받아들일수록 이별은 당신과 좀 더 수월한 형태로 함께 할 것이다. 어쩌면 극복했다고 생각될 정도로 존재감 없이 당신과 함께 할 것이다.

나는 당신이 어디에 있든 누군가와 있든 행복하길 바라는 사람으로서 당신이 이렇게 이별을 다뤄나갔으면 좋겠다. 그래서 이별과 함께 찾아오는 후회도 슬픔도 당신에게는 언젠가는 아무것도 아닐 것이 될 것임을 당연하게 생각하게 되었으면 좋겠다.

당신은 궁금할 것이다. 당신을 떠난 그 사람이 잘 살지 어떨지를 말이다. 혹여나 아주 조금이라도 당신을 생각할지 궁금할 것이다. 분명하게 말해줄 수 있는 것은 살다 보면 몇 번은 지금 당신이 궁금한 정도로 그 사람도 당신을 궁금해 할 것이라는 것이다.

그렇기에 끝난 사랑에도 남는 것이 혹은 남긴 것이 아무것도 없다고 생각하진 않았으면 좋겠다. 분명 남는 것이 있었으며 남긴 것도 있으니 말이다.

그렇게

닿지 못했다고 생각했던 것에도 이미 충분히 닿았던 사랑으로
혼자 남겨진 공허함이 아닌 다음을 위한 휴식시간으로
후회하는 것 이상으로 충분히 할 만큼 한 사랑으로
더 뜨겁게 사랑할 새로운 시작으로

당신의 이별이 정리되고 정의되었으면 좋겠다.

당연한 사랑도
당연한 내일도
무엇도 당연함은 없기에
꽤 나아진 오늘을 만들고
소중한 나부터 생각하길

#당신의_이별은_이랬으면_좋겠다

생각보다 많은 사람들이 연애를 포기하는 시대에 우리는 살고 있다는 걸 매번 느낍니다. 포기의 이유야 다양하겠지만 어쩌면 그 모든 것에는 이번에 다룬 이야기들도 포함이 되어있을 거라고 생각합니다.

하지만 우리는 외로움을 느끼기에 혹은 사랑을 원하기에 힘든 와중에도 연애를 갈망하고 또 연애를 고민하는 것이 아닐까 싶습니다. 그중 한 명일 당신에게 이번에 제 이야기가 어떻게 받아들여졌을지는 모르겠습니다.

그저 처음 시작 때 언급했던 것처럼 당신의 마음이 조금이라도 가벼워지고 제 이야기가 오래 남을 것 같다고 느껴졌으면 좋겠다는 생각입니다.

연애 상담을 하면서 늘 가지는 나름의 목표가 있습니다. 그것은 '이 사람이 또 똑같은 연애 문제를 반복하지 않도록 하고 싶다'라는 것입니다. 한번 겪는 것만으로도 힘든 문제를 계속해서 반복하다가 마음이 꺾여버려서 사랑을 저버리는 일이 생기지 않기를 원하기 때문입니다.

여러 이유로 연애를 포기하고 사랑을 내려놓는 때에도 마음만 꺾이지 않는다면 언제든 다시 마음을 고쳐먹고 다시 시작할 수 있습니다. 하지만 마음이 꺾여버리고 그렇게 꺾이는 사람이 많아져서 그게 당연하고 어쩔 수 없는 일이라고 받아들이게 되는 때가 올까 봐 내심 걱정하기 때문에 저는 그런 목표로 상담에 임하고 있습니다. 그렇기에 이 책을 읽은 당신이 문제와 고민이 반복되다 마음이 꺾이는 일이 없기를 바랍니다.

만일 이야기가 마음에 들었다면 연애와 사랑에 고민이 있을지 모르는 주변과 사랑하는 사람에게도 알려주시면 감사하겠습니다. 이 책이 돌파구가 되어서 마음이 꺾이지 않는 사람이 한 명이라도 더 늘어난다면 우린 분명 언제 어느 때라도 연애를 잘 해나갈 수 있으리라 믿습니다.

그런 당신에게 여기까지 읽어주셔서 감사하다는 말을 전합니다.
또 어느 날 우리가 다시 만나게 되었으면 좋겠습니다.

끝으로 이번 책에 함께 하며 우여곡절을 겪으면서도 훌륭하게 작품을 마무리할 수 있게 힘써주신 VERY 작가님에게도 감사의 말씀을 전합니다. 또한 저의 작가로서의 시간 동안 항상 응원과 제작 지원을 해주신 이지은님에게도 존경의 마음을 전합니다. 항상 덕분에 제 이야기가 많은 분들에게 닿을 수 있었습니다. 마지막으로는 제 책의 가능성을 늘 믿어주시는 하모니 북 대표님에게도 감사의 인사를 전합니다.

모두의 사랑이 어떤 순간에도 답을 찾기를 바라며
투히스

누군가에겐 연애가 배달음식 주문만큼 빠르고 쉬운 일이기도, 어떤 이에겐 연애가 오픈런처럼 공들여 기다리고 진땀 빼도 겨우 얻을까 말까한 확률싸움이기도 합니다. 가끔은 저마다 이유는 달라도 아예 모든 걸 자포자기하여 아무것도 하지 않고 손을 내밀어도 겁을 내는 경우도 있습니다.

연애의 형태란 지금 나열한 것 보다 수 없이 다양한 양상을 보입니다. 이미 책의 목차와 페이지에서 보셨듯이 말입니다. 연애는 너무 쉬워도 이상할 수 있지만 지나치게 고통스러운 것은 어느 노래의 제목처럼 그건 필시 사랑이 아닙니다.

그럼 어떤 연애가 이상적일까요?
제가 감히 여기에 대답할 순 없지만 하나의 정답은 없다는
말은 할 수 있을 듯 합니다. 다만, 책을 통해 살펴보셨을 때
독자님들은 무언가 생각이 좁혀지는 현상이나 느낌을 받았을지도 모
르겠습니다.

사람들이 가장 궁금해하는 것 중 하나가 '누군가의 속마음' 입니다. 하지만 정작 자신의 마음은 잘 안다고 으레 생각하기에 그냥 넘기기 일쑤입니다. 그러다보면 마음은 더욱 아파오고 이유는 모르겠고 반복되는 문제로 연애를 망치기도 하는 일이 종종 있습니다.

이번 책은 공감과 연애 그리고 에세이에서 나아가 나를 돌본다는 것과 스스로를 돌

이켜 보고 달리 혹은 나아가고 벗어날 수 있는 발판을 마련해주는 점이 더해졌고 달랐다는 걸 원고를 읽는 내내 길이 그려지는 것 같아 머릿 속이 시원해지는 기분이었습니다.

내 말에 경청도 참 잘 해주는데 답은 답대로 명쾌하게 잘 내려줘서 동네에 꼭 필요한 내 친구, 잔소리나 충고가 아닌 내게 필요한 걸 전하는 이야기를 해주는 그런 경우가 바로 이 책이 되어주겠다는 인상을 받았습니다. 똑부러지는 친구의 서적화 정도면 정리가 되겠습니다. 독자분들도 저와 비슷하게 생각하거나 느끼셨다면 좋겠다고 긴히 말씀드려봅니다.

마지막으로 드리고 싶은 말씀은, 언제나 같습니다. 연애는 결코 쉽지 않을 수 있겠지만 지름길은 없어도 나를 돌이켜 본 뒤 다시 앞을 볼 수 있는 분이라면 분명 새로운 길은 열리리라 봅니다. 자신의 연애를 후회하고 탓하란 뜻이 아니라 그때 몰랐던 것과 지금 알아가게 되는 부분을 통해 내 연애 영역을 보완해 보자는 의미입니다. 그리고 나 자신을 아껴 주시길 바랍니다.

책의 마지막장을 음미하고 있어 주셔서 무한히 감사다는 말씀 전하며 많이 느린 저를 믿어주신 투히스 작가님과 이 책이 세상에 빛을 볼 수 있게 도와주신 모든 분들께도 감사의 인사를 드립니다.

그 사람보다
더 좋은 사람을
만날 수 있을까?

초판 1 쇄 2023년 11월 5일
지 은 이 투히스, VERY
펴 낸 곳 하모니북

출판등록 2018년 5월 2일 제 2018-0000-68호
이 메 일 harmony.book1@gmail.com
홈페이지 harmonybook.imweb.me
인스타그램 instagram.com/harmony_book_
전화번호 02-2671-5663
팩   스 02-2671-5662

979-11-6747-127-7 03810
ⓒ 투히스, 2023, Printed in Korea